〔日〕**虚渊玄** 著
刘正仑 译

Fate/Zero 4
命运零点

著作权合同登记号：图字 01-2017-1165

《Fate／Zero(4)散りゆく者たち》

© Gen Urobuchi 2011
All rights reserved.
Original Japanese edition published by SEIKAISHA Co., LTD.
Simplified Chinese publishing rights arranged with SEIKAISHA Co., LTD.
through KODANSHA LTD., Tokyo and KODANSHA BEIJING CULTURE LTD.
Beijing, China.

图书在版编目（CIP）数据

命运零点.4／(日)虚渊玄著；刘正仑译. —— 北京：人民文学出版社，2017
ISBN 978-7-02-013407-6

Ⅰ.①命… Ⅱ.①虚…②刘… Ⅲ.①长篇小说－日本－现代 Ⅳ.①I313.45

中国版本图书馆CIP数据核字(2017)第243772号

| 责任编辑 | 卜艳冰　李　殷 |
| 装帧设计 | 汪佳诗 |

出版发行	人民文学出版社
社　　址	北京市朝内大街166号
邮政编码	100705
网　　址	http://www.rw-cn.com
印　　制	上海利丰雅高印刷有限公司
经　　销	全国新华书店等

字　　数	110千字
开　　本	890毫米×1240毫米　1/32
印　　张	5.25
版　　次	2018年1月北京第1版
印　　次	2018年1月第1次印刷
书　　号	978-7-02-013407-6
定　　价	35.00元

如有印装质量问题，请与本社图书销售中心调换。电话：010-65233595

In the battleground, there is no place for hope. What lies there is just cold despair
and a sin called victory, built on the pain of the defeated.
The world as is, the human nature as always, it is impossible to eliminate the battles. In the end,
killing is necessary evil—and if so, it is best to end them in the best efficiency and at the least cost,
least time. Call it not foul nor nasty. Justice cannot save the world. It is useless.

卫宫切嗣
艾因兹柏恩家雇佣的"魔术师杀手"

言峰绮礼
猎杀异端的圣堂教会代行者

远坂时臣
以到达"根源"为毕生夙愿的魔术师名门远坂家的现任家主

间桐雁夜
放弃家主继承权而逃离间桐家的男人

爱莉斯菲尔・冯・艾因兹柏恩（Irisviel von Einzbern）
艾因兹柏恩家炼制的人造人，卫宫切嗣的发妻

伊莉雅斯菲尔・冯・艾因兹柏恩（Illyasviel von Einzbern）
卫宫切嗣与爱莉斯菲尔的女儿

韦伯・菲尔维特（Waver Velvet）
隶属于"时钟塔"的实习魔术师，为夺取导师的圣遗物挑战圣杯战争

肯尼斯・艾梅罗伊・亚奇波特（Kayneth El-Melloi Archibald）
隶属于"时钟塔"的精英魔术师，韦伯的导师

雨生龙之介
个性纯真的享乐杀人魔

Saber
骑士王。真实身分是亚瑟・潘德拉贡（Arthur Pendragon）

Archer
英雄王。人类史上最古老的英灵吉尔伽美什（Gilgamesh）在现实世界降临的形体

Rider
征服王。在古代世界独霸一方，古代马其顿王国的伊斯坎达尔王（Iskandar），期望能亲眼看到"世界尽头之海"（Okeanos）

Assassin
传说中暗杀者的始祖，山中老人哈桑・萨巴哈（Hassan Saggah）的英灵

Caster
自称为"蓝胡子"的英灵，真实身分是英法百年战争中的法国元帅——神圣恶魔吉尔斯・德・莱斯（Gilles de Rais）伯爵

Lancer
凯尔特神话（Celtic mythology）的英灵迪卢木多・奥迪那（Diarmuid Ua Duibhne），枪法精妙绝伦的顶尖武者

Berserker
"狂暴化"的神秘英灵

−96：16：02

灰飞烟灭——

以这句话来形容眼前的惨状真是再适合不过。

破坏程度实在太彻底了,甚至让人看不出破坏者真正的目的。所有的一切都像是遭受暴风雨肆虐一般,完全变了样。

这当然不是天灾而是人祸,地下储水槽根本不可能遭到暴风雨袭击。Caster工房中的伤痕一定是抗军宝具或是攻城宝具造成的大破坏,除此之外不可能有其他原因。

"好惨……真是太过分了……"

目睹眼前惨状的雨生龙之介涕泪纵横,痛哭失声。那悲痛不已的模样实在引人同情,要是不知道实情,任谁都会于心不忍,为他掬一把同情之泪。

昨天晚上龙之介与Caster再度外出夜间狩猎,寻找诱人的饵食。等到天际开始泛出鱼肚白,他们意气风发地回来一看,才发现两人落脚的工房已经变成一副惨不忍睹的破败模样了。

"我们呕心沥血完成的艺术品……太过分了!竟、竟然真有人干得出这种事!"

Caster搂住抽着鼻子哽咽的龙之介的肩膀,柔声安慰道:"龙之介,你还不了解潜藏在人性中真正的丑恶吧,也难怪你会这么悲伤……龙之介,只有极少数的人才明白什么是真正的美丽与协调。大多数的俗人在接触到艺术的神圣时，反而会变成满心嫉妒的野兽。对他们来说，美丽的事物只不过是破坏的对象罢了。"

根据地被毁掉，Caster当然也很愤怒。但另一方面，虽然不甘心，他也不得不承认心中确实松了一口气。他过去也曾是一名率领一国之军的元帅，凭他的战略眼光，只要看看下水道里被歼灭的诸多怪魔与工房内极尽惨烈的破坏程度，就能了解昨天晚上攻进来的袭击者有多难缠，正面对上实在太危险了。

他和龙之介那时候都外出不在或许反而是一种幸运。这个想法足以让这名疯狂从灵心中的愤怒冷却下来。

"我们的创作总是面临考验，必须与愚昧的破坏相互对抗……所以我们不可以对作品抱有过深的眷恋。有形的事物注定总有一天会毁坏，我们这些创造者应该是在创作的过程当中感受喜悦才对。"

"……意思是说，被破坏的东西只要再创造就好了吗？"

"就是这样！你总是这么聪明，这种灵敏的理解力就是你的美德啊，龙之介。"

看到Caster脸上开朗的笑容，龙之介擦掉眼泪看看四周，深深叹了一口气。

"会不会是因为我们玩得太愉快——所以才遭到报应呢？"

听到龙之介这么低声说道——Caster突然脸色大变。

他的十只手指抓住龙之介无精打采垂下的肩头，粗暴地把他转过来。精光闪闪的双眼死盯着龙之介的脸。

"有句话我一定要说，龙之介……上帝绝对不会惩罚人类，他只会玩弄人类而已。"

虽然蓝胡子的眼神凌厉，但他的表情欠缺愤怒或憎恨之类的所有神色。这种感情与他至今流露出的任何一种激情都大不相同。

"老、老大？"

"过去我干遍了人世间所有邪恶逆行与渎神之举。龙之介，你所犯下的恶行和我的罪恶比起来只不过是儿戏。但是任凭我杀再多人、再怎么玷污这个世界，天谴还是没有降临在我身上——转眼八年过去，这段时间上帝一直放任、纵容我邪恶的研究。千百名幼子的悲叹与哀号就这样白白消逝在黑暗中！"

"……"

"最后毁灭我的不是上帝，而是那些和我同为人类的欲望。教会与国王之所以用制裁罪恶的名目拘捕我、把我处死，终究只是为了夺取我手中的财富与领土所想出的奸计而已……不是神圣的天谴阻止我的沦丧，而是与天谴相差十万八千里的丑恶掠夺！是那些比我的罪恶还要浅薄低俗的人类恶性啊！"

雨生龙之介知道现在自己正好碰触到这个恐怖恶魔的禁忌——但此时在他心中涌出的感觉不是恐惧，而是难以言喻的寂寞与痛惜。

比起Caster那番口沫横飞的言论，龙之介反而从他那仿佛失去了什么宝贵事物的表情看出隐藏在这名狂人心中深不见底的深沉哀恸。

"老大……即使如此，神还是存在的，对吧？"

龙之介细微的低语让Caster屏息，凝视着这位单纯又忠实的召主的表情。

"……龙之介，为什么？你没有宗教信仰，也从没看过奇迹，为什么会这样想？"

"因为这个世界虽然无聊得要命，但愈是探索愈能找出好多好多有趣又奇怪的事物。"

龙之介这么说着，仿佛想要拥抱天地万物般展开双臂。

"我从以前就一直在想，这个到处都充满着有趣事物的世界实在太过完美了，四处都埋藏着惊喜的伏笔，只要稍微换个角度看就会发现，动动脑筋就找得出来。如果真正想要好好乐一乐的话，到哪里去找比这个世界还更有趣的娱乐啊？所以一定是有人在写剧本，有一个人正在写一部有五十亿个角色的历史小说……想要形容那个人的话，就只能称呼他为上帝了吧？"

Caster沉吟了好一阵子，视线在空中游移，好像在反复思索龙之介所说的话。然后他再度看着召主的双眼，以低沉而严肃的嗓音问道："……那么龙之介，你认为上帝究竟爱不爱人类？"

"那肯定是打从心底爱翻了嘛！"

活泼开朗的杀人鬼回答道，语气当中没有一丝伪装。

"如果他这几千年、几万年来一直在写关于这个世界的剧本的话，没有爱哪里写得下去啊？我想他一定写得很高兴，同时也在享受自己的作品。为了爱与勇气而感动，看到悲伤的桥段就哭得一把鼻涕一把眼泪，然后写到恐怖与绝望场景的时候就兴奋地睁大眼睛……"

龙之介暂时停下来，仿佛在确认自己接下来要讲的内容，然后再次带着百分之百的信心做出结论。

"上帝最喜欢那些称为勇气与希望的人性赞歌，同样也喜欢飞溅的鲜血、悲鸣与绝望。要不然的话——生物的内脏怎么可能是那么鲜艳好看的颜色呢？所以说，这个世界一定充满着上帝的爱啊。"

"……"

Caster 就像是欣赏一幅圣画的虔诚信徒，安静而肃穆地聆听龙之介所说的每一句话。之后他终于抬起头，脸上洋溢着安稳的幸福表情。

"在这个时代……我还以为这片遥远的土地上，人民百姓都失去了信仰心，为政者也已经舍弃天意。没想到竟然诞生出这种崭新而丰富的信仰。龙之介吾主啊！我实在太佩服了。"

"别这样说，我会不好意思啦。"

龙之介至少还明白自己受不起这样的赞美，笑着移开视线。

"可是——依照你的宗教观来看的话，我亵渎神明的行为也只是一出闹剧吗？"

"不会。就算是坏人也能扮演得有声有色，取悦观众。这才是一流的演员啊。我认为上帝一定也会高高兴兴地扮演装傻的角色，回应老大你毫不客气的吐槽。"

听到龙之介这么回答，"蓝胡子"好像非常愉快似的捧腹大笑。

"你的意思是说渎神与礼赞对你来说都是一种崇拜吗！龙之介，你这个人的哲学理论实在是意境深远啊！没想到把普罗大众当成玩物的上帝自己居然也是丑角……原来如此！这样就能够说明他那毒辣的兴趣了！"

大笑一阵过后，Caster 精光四射的双眸浮出厉色。这种眼神就有如那些被艺术占据心神的人所特有的疯狂激情。

"很好。那么就让我们用更加艳丽的绝望与恸哭来渲染上帝的庭园吧。一定要让天上的表演家知道不是只有上帝才了解什么是真正的娱乐！"

"你又想干什么大事了吧!? 老大。"

看到"蓝胡子"流露出前所未有的兴奋表情，龙之介同样也因为期待而雀跃不已。

"既然这么决定,就先大肆庆祝一番。龙之介,今天我们就来办一场别开生面的精致宴会,好好玩一玩吧。"

"明白!我要做一个比那些烧掉的东西还要酷的作品!"

龙之介两人今晚的"收获"有五个人。被带进黑暗的孩子们不知道自己身在何处,现在还吓得浑身打颤,默不作声,彼此靠在一起看着绑架者的狂态。

被诅咒的修道者已经发现新的点子,现在这些无辜幼子的灵魂已经无法期待一丝生机了。

−95：28：46

蓦然向窗外一望，天已经亮了。

卫宫切嗣对于东升的旭日没有一点感觉，继续整理情报。

三天前与舞弥会面的新都站前的廉价旅社现在仍是他其中一个藏身之处。切嗣已经拒绝一切客房服务，在墙上贴满冬木市全区的地图，将各处情报用贴纸与标签逐一详细记录下来。

连日来的巡逻路径与时间、来自使魔的情报、灵脉的变动、从警方的无线电通讯窃听关于绑架事件的进展状况与临检地点……图表上巨细靡遗地写满冬木市夜晚的状况，已经变成杂乱无章的马赛克模样了。

右手默默工作时，左手不时补充营养。切嗣以几乎算是下意识的动作在口中反复咀嚼他结束巡逻后回来路上买来的汉堡。九年来，他已经吃腻了艾因兹柏恩家那如同宫廷料理般豪华的餐饮，对他来说，垃圾食物这种单调无趣的口味吃起来反而比较轻松。更棒的是能够在不影响手上工作与头脑思考的情况下填饱肚子。

把一连串的记录事项全部抄写在地图上后，切嗣退后一步俯瞰全图，重新掌握圣杯战争的动向。

Archer——远坂家没有任何动静，自从第一天击退Assassin之后，时臣就像只躲在洞穴里冬眠的熊一样一直闭门不出，安静到让人觉得诡异。

Berserker——使魔已经看到疑似是召主的人影几次出入间桐宅邸，他的防备看起来很松懈，有可乘之机。但是Berserker谜一般的特殊能力能够对抗同样拥有神秘宝具的Archer，为了牵制时臣，目前暂时不用理会他。

Lancer——代替重伤的艾梅罗伊爵士，他的未婚妻索菈乌·娜泽莱·索菲亚利已经开始行动，现在这时候应该是她在指挥Lancer吧。不晓得她是使用"伪臣之书"当上代理召主，还是把令咒本身抢夺过来，与Lancer缔结契约……如果是前者的话，就算杀掉索菈乌也不能阻断供给从灵的魔力，无法瘫痪Lancer。还需要观察一段时间再决定是否要攻击索菈乌。

Caster——昨天晚上市内又有几名儿童失踪。看来监督者提出的悬赏没什么用，Caster还是肆无忌惮地为非作歹。

Rider——毫无线索。因为他总是使用飞行宝具与召主一起行动，所以难以追踪。乍看之下个性粗豪，但是行事小心谨慎，是个麻烦的强敌。

关于Rider与Archer，在艾因兹柏恩城休养的久宇舞弥不久前已经苏醒，切嗣已经从电话中借由爱莉斯菲尔的转述得到许多他们的情报了。

让切嗣感到惊讶的是，听说那两个态度高傲的从灵竟然一起跑去找Saber办了一场酒宴。如果只是这样的话，当成是一种无聊的挑衅也就罢了。但是事情发展成了意想不到的局面，最后Rider使出威力惊人的宝具，消灭了Assassin。

Rider施展的那个叫做"王之军势"的宝具固然让切嗣在意，但是他更挂心Assassin的末路。

虽然还不晓得究竟是什么样的手法能够让从灵无限增多，但是昨晚袭击艾因兹柏恩城的行动应该是动员了所有Assassin的战力。如果不是倾巢而出的话，以人海战术补充战力不足就失去意义了。这次和之前在远坂家演出的骗人戏码不同，Assassin应该是完全消灭了。

那么——Assassin的召主又如何呢？

切嗣长叹一声，点燃今天第一支香烟。到头来他所担心的事情还是着落在"那里"。

言峰绮礼——第四次圣杯战争当中最大的"异物"。

切嗣到现在还是不明白这个男人究竟为什么参加这场战争。

当他在仓库街的大乱斗中发现Assassin的时候，还认定Assassin的召主可能是远坂时臣手底下的傀儡，担任斥候的工作。但是言峰绮礼之后的种种行为又让他难以理解。

事先料到切嗣会攻击住在冬木凯悦饭店的肯尼斯，在中央大厦的建筑工地埋伏袭击——

在艾因兹柏恩的守城战中，他又像是预先料到一般，从森林东侧战场的相反方向入侵——

这两件事最让切嗣不高兴的是，唯有假设绮礼的目标是切嗣才能解释他的行为。

安排一出精致的骗局演出落败的戏码，然后在冬木教会的包庇之下，率领众多Assassin进行谍报活动。虽然他们是敌人，但不得不说这的确是一手好棋。可是要让这局棋更加完美的话，绮礼应该待在冬木教会里，一步都不能出来才对。

再说切嗣隐身于爱莉斯菲尔与Saber之后，虽然现在真实身分已经让艾梅罗伊爵士的阵营知道了，但是直到前天应该还没有任何人发现自己的存在才对。就算利用时臣的情报网事先得知切嗣在暗处活动，他们也不可能料到切嗣才是 Saber 真正的契约者。可是绮礼不惜撇下大局战略，直接找上切嗣。他究竟有什么企图？

或许他根本没有任何理由，单纯只是为了私怨，但是这个可能性极低。切嗣已经调查过言峰绮礼的经历，与自己完全没有任何关联。又或者切嗣过去暗杀的魔术师，或是在追杀过程中牺牲的人当中有绮礼的故友或亲属，但是这个理由也很牵强。

不管事实如何，现在能够确定的是——就算失去 Assassin，言峰绮礼日后还是一定会出现在切嗣面前。不论他的动机是什么，显然与圣杯战争无关。他不是那种失去从灵就会乖乖退出的人。

伴随一口无奈又沉重的叹息，切嗣吐出肺部中的紫烟。

一旦开始思考言峰绮礼的事，他就会陷入一种仿佛面对无尽黑暗的感觉。这种叫人直打哆嗦的寒意可说是人性中最原始的恐惧。

切嗣的战术完全是以"攻敌不备"为主体。只要能够知道敌人的意图为何，前进的目标是什么，自然也就可以看出对方的死角或是弱点。魔术师这种人，只要论及"目的意识"十之八九都比常人更加清楚好懂，所以切嗣至今才能这么顺利地精准猎杀"猎物"。

也因为这样，像言峰绮礼这种"不知表里的敌人"就是他最大的威胁。更何况面对这样难缠的敌人，切嗣现在还居于守势。

这个追踪者破解自己的手法，就好像是看出自己的思考一样。他是唯一一个让切嗣从狩猎者转为猎物立场的意外要素——

"……你到底是谁？"

切嗣不禁出声喃喃说道。愈是思考言峰绮礼的事情，答案就愈遥远，只是让自己愈来愈焦躁。

如果可以二话不说宰掉他的话不知道该有多轻松，考虑到今后还得冒着风险一直防范未知的奇袭，这或许也是一种可行的方法。

切嗣在邻镇的租借车库里藏了一辆已经改造为可遥控操作的油罐车，那就是一种适合都市游击战的廉价巡弋飞弹。这是他用来预防间桐或远坂采取笼城战略时的王牌，只要让玩意儿冲进绮礼藏身的冬木教会里，代行者再厉害也不堪一击……

"……蠢货，别闹了。"

切嗣告诫自己，用力把烟头在烟灰缸中捻熄，平息心中的焦虑。

现在还有许多敌人必须优先铲除，争夺圣杯的战争必须不断赢下去。从圣杯战争的观点来看，言峰绮礼只不过是一个已经败退的召主。就算不知道他为何盯上切嗣，如果太过拘泥于他的意图而忘了最重要的圣杯战争，才是本末倒置。

自己身陷急躁情绪的模样让切嗣感到很不高兴。这可能是判断力开始降低的前兆，需要重新设定。

继他上一次睡眠已经过了七十小时。虽然安非他命让他不为睡魔所苦，但是疲劳还是不自觉地累积起来，不知不觉让他的集中力降低。

距离白天与舞弥会合稍微还有一点时间，应该趁这点空当消除疲劳。

卫宫切嗣把自己视为一部机器，对于自己的身心毫不爱惜，也不甚重视。调节身体状况与管理健康和他保养自己使用的众多枪支是意义一样，只为了让身体的能力更精锐、更完美。

切嗣从洗手间回来躺在床上后，开始用自我催眠的咒文将意识分解。这一剂猛药能够把疲劳连同意识领域一起消除——换句话说，就像是精神上的拆解保养（Fieldstripping）。

这项咒文就自我催眠术来说不算什么高难度，可尽管是暂时，多数人还是不愿意把自己的意识切割成无意义的片断，更鲜少有人会自愿这么做。切嗣却单纯只从效率的观点认为这是最佳的休眠方法，所以常常使用这种魔术。

大约两个小时后，散乱的意识就会自然再生，届时自己就会带着重获新生的感觉苏醒吧。肉体在这段时间将会变成一具活尸，幸好现在这处藏身地安全无虞。

没多久，切嗣已经连仇敌的身影都从心中排除，陷入无梦的睡眠当中。

窗外，沐浴在晨光之下的街道正要开始崭新的一天。

−91：40：34

"你今天的心情不错啊，Archer。"

金色从灵一如往常，大剌剌地占据言峰绮礼的房间。不知为何，从今天早上开始他的脸上就一直挂着危险的笑容。

一般来说，笑容这种东西应该会让同处一室的人心情和悦，不过绮礼偏偏不是那种会因为他人的喜悦而感到高兴的人。就算能想象出英雄王的喜悦是什么内容，恐怕也只是让人心中七上八下。

"虽然还看不出来圣杯这玩意儿到底有多了不起——不过，就算是破铜烂铁也无妨，本王已经找到除了圣杯以外的娱乐了。"

"哦……真是叫人意外。你是说在这个被你讥笑为只有赝品的丑恶世界吗？"

"这一点还是不变。但是本王已经改变心意，决定好好观察这场圣杯战争了。"

可能是昨天晚上在艾因兹柏恩城中庭里举办的奇妙酒宴让Archer的想法产生了什么变化。绮礼直到中途也有观看酒宴的情况，他想得到的可能性——就是Archer与Rider或是Saber之间的问答。

"本王喜欢傲慢的生命，喜欢那种不了解自己的器量多么渺小，还怀抱着远大理想的人。只要看着那种人就让本王感到愉快。"

Archer悠然自得地将酒杯朝一脸不解的绮礼微微一倾,继续说道。

"傲慢也有两种,分成器量过小与愿望太大。前者平凡无奇,不过就是愚蠢二字。后者可就非常稀少了,相当难得一见。"

"这两者不都是愚昧吗?"

"比起平凡无奇的智慧,稀有的愚蠢不是更加珍贵吗?有一种人虽然降生为凡人,却心怀非凡人的宿愿,还为此舍弃人身——这种人的悲哀与绝望令人百看不腻。"

Archer就像是在祝贺什么事情似的高举酒杯,然后优雅地将杯中物饮尽。不管再怎么大吃大喝,这名英灵始终不会给人贪吃的印象,这也是王者的风范吗?

"倒是你,绮礼。今天难得看到你心情这么好。"

"只是觉得安心而已。我终于摆脱那烦人的重担了。"

原本刻印在言峰绮礼右手上的令咒已经不在。这是因为他的从灵Assassin昨天晚上在艾因兹柏恩城中的战斗中被打败而消灭了。

绮礼已经丧失召主的权限。换个角度来看也如他所说一般,这次他真的卸下了身为召主的职责。这样一来,绮礼的教会生活终于名副其实了。

"消失的令咒后来怎么样了?那么强大的魔力聚合体怎么可能完全消失不见。"

"就理论上来说,令咒会再次回归圣杯。令咒毕竟是圣杯赐予的,圣杯当然会从失去从灵而丧失召主资格的人身上收回令咒。然后如果出现失去召主而解除契约的从灵,圣杯就会把回收的还没使用的令咒再分配给新的契约候补者。"

分配给七位召主的二十一道令咒只要没有使用消耗掉的话，就会一直留存于现世。直到战争结束后都没有用掉的残留令咒就会全部交给监督者。

"那么根据今后的事态演变，也有可能出现新的召主吗？"

这位英雄王应该对与自身欲望无关的事情一向都不感兴趣才是——

绮礼对于吉尔伽美什的问题感到有些奇怪，但还是继续说明："没错，但是会被圣杯选上的合适人选并不多。所以就算要找新的召主，结果圣杯还是倾向优先选择之前它认定能够成为召主的人。其中'初始三大家'的召主更是享有特别待遇。就算失去从灵，如果当时有其他从灵没有缔结契约，甚至可以继续保有召主权限，连令咒都不会丧失。听说这种例子以前发生过好几次。"

"——"

绮礼从静静倾听的吉尔伽美什眼中感受到一股危险的压力，说到这里暂时停了下来。

"怎么了？继续说啊，绮礼。"

"……总之，这就是为什么圣堂教会要保护在战局中淘汰的召主。如果剩余的召主中有席次空出来的话，圣杯很有可能会把'用剩的令咒'赐给他们。所以圣杯战争的参加者不只需要废了敌方的召主，为了预防万一还要杀死他们。就算丧失资格也不能活在世上。"

"呵呵。"

吉尔伽美什好像很愉快似的轻哼两声，轻摇酒杯中的葡萄色液体。

"照这番理论来看的话——绮礼，你不就很有可能再度获得令咒吗？"

对于英雄王指出的意见，这次轮到绮礼发出冷哼了。

"不可能。虽然圣杯对我有所期待，但是如果依照时臣老师的说法，我被选上的原因是为了协助远坂阵营的话，那我已经完成助手的使命了。Assassin的调查已经全部结束，时臣老师对所有召主与从灵都已经拟定出克敌战略，已经轮不到我出面了。"

"依本王来看，时臣的假设本就很可疑。本王不认为那个男人有多么了不起，值得让圣杯这样偏袒他。"

"对自己的召主，你说话竟然这么不客气。"

吉尔伽美什那双鲜红色的眼睛一转，瞪着失笑的绮礼。

"绮礼，看来你对本王与时臣之间的主从关系有很深的误解。

时臣以臣子的身分对本王尽礼数，奉献他的魔力作为供品。因为是这种契约关系，所以本王才会接受他的召唤，不可把本王与其他那些如同走狗般的从灵视为同类。"

"那么你又如何看待令咒的存在？"

"让人难以接受……但是如果臣子能够努力当个忠臣的话，本王也不吝于偶尔听听他的谏言。"

绮礼不禁露出苦笑。

如果吉尔伽美什知道圣杯战争真正的目的……他和时臣的契约关系就会在那一瞬间破裂吧。不过就算情况演变到那种局面，拥有令咒的时臣还是会占有压倒性的优势。

"目前众人追杀Caster的竞争还会再持续一阵子，之后再把比较弱的敌人淘汰——Archer，到时候就该轮到你出场了，以后你就没有时间像现在这样嚼舌根了。"

"依照时臣那小子温吞的做法，那还是很久之后的事吧。目前本王只能找别的兴趣来排遣无聊——绮礼，你刚才说Assassin已经完成所有的工作是吗？"

"啊，你是说那件事情吗？"

之前他们两人说着说着，绮礼在Archer的要求之下参加他的"消遣活动"——满足他想要知道每位召主追求圣杯的动机的无聊好奇心，这也是Assassin受命要完成的工作。

"调查已经有一定程度的结果了。昨天晚上应该叫Assassin自己向你报告的，这样就可以省下说明的麻烦——"

"不，就是这样才好。"

不知为何，吉尔伽美什以果决的口吻打断绮礼。

"本王不想听那些黑影子说话。绮礼，这份报告一定要由你亲口说出来才有意义。"

"……"

绮礼大感不解，不晓得吉尔伽美什究竟有什么打算。无奈之下，他还是以简短的内容快速列举出每位召主的个人资料。

光是窃听召主与从灵或是与同伴之间的对话所得到的情报材料就足以推测他们参加圣杯战争的原因了。

Lancer的召主与Rider的召主没有什么愿望要求圣杯，似乎只是为了魔术师的荣誉而追求胜利而已。

至于Caster的召主更是连圣杯是什么东西都不知道，参加圣杯战争只是他享乐杀人的延长行为而已。

Berserker的召主则是为了"赎罪"这种天真的理由参加战争。因为自己曾经逃出间桐家，导致远坂家的次女代替他被拱为间桐的下任家主。事到如今他反而回头要求放走远坂的女儿……作为谈判的筹码，他的使命就是要赢得圣杯。而且他过去似乎与时臣的妻子葵还有一段因缘，在某种意义上来看，敌对的五名召主当中就属他的动机最世俗。

关于 Saber 的召主——绮礼则是编了一套谎言搪塞 Archer。

直到 Assassin 昨晚意外退场之前，他们还是没办法捕捉到卫宫切嗣的行踪。所有人当中只有那个男人似乎打从一开始就看穿第一位 Assassin 的落败是一场假戏，行事始终非常小心隐密。如果他的观察力真的高明到这种地步，只能说他实在洞烛机先。就算不是，能够一直不被间谍英灵掌握到行踪，他的细心周到也很值得赞赏。不管在任何方面，那个男人都和其他召主完全不同。

再说就算绮礼已经探出切嗣真正的意图，也绝对不会告诉 Archer 吧。

虽然现在还有几个疑点不明，但是绮礼期望与卫宫切嗣对抗的目的意识仍然不变。这是绮礼个人的问题，与圣杯战争无关，他完全不想让一个只顾自己兴趣的外人干涉这件事。

所以绮礼当场编出一套说词，说艾因兹柏恩势力单纯只是为了实现长年的执念，也就是为了让圣杯降临而参战。Archer 完全没有察觉绮礼内心的想法，只是一脸无趣地听着。

"真是让人失望透顶。"

这是 Archer 听完五位召主的基本资料之后，开口所说的第一句话。

"杂种终究只是杂种，每一个都是无趣的凡夫俗子。为了无聊的理由争夺本王的宝物……所有贼人都该处以极刑，毫无斟酌的余地。"

Archer 狂妄又目中无人的语气让绮礼无奈地长叹一声。

"叫别人劳心劳力搜集情报，结果这就是你的感想吗？你也该为我这个被你拖下水，到头来白忙一场的人想想吧。"

"你说这是白忙一场？"

此时英雄王立刻露出一抹耐人寻味的笑容，故意回问道。

"你怎么这样说，绮礼。你和 Assassin 的辛劳不是已经有很丰硕的成果吗？"

绮礼听不出 Archer 这番话中带有什么玄机，双眼凝视着他。

"你在捉弄我吗？英雄王。"

"你不明白？这也难怪，因为你是个连自己的愉悦是什么都看不出来的男人嘛。"

面对绮礼的凝视，Archer 冷笑一声，慢条斯理地继续说道：

"——就算你没有自觉，但是本能之中灵魂还是会追求愉悦。打个比方，就像是野兽会循着血腥味一样。像这种心灵上的活动，对外就会以兴趣与关心的形式表现出来。所以绮礼，本王要你把所见所闻与所知的事情由你亲口说出来是有充分理由的。你用最多的词句来表现的部分就是最吸引你'兴趣'的事情。特别是如果想要探寻'愉悦'的来源，最好的方法就是叫你去谈论人。名为世人的玩具，名为人生的游戏……再也没有其他娱乐更胜于此了。"

"……"

就算是绮礼，这次也不得不承认自己的确是大意了。

本以为这只是英雄王特有的任性余兴游戏罢了，万万没想到他竟然打着主意用这种方式剖析绮礼的内心。

"首先就先把你故意隐晦不谈的人物剔除吧，有自觉的关心只不过是执着。以你的状况，应该要着眼于连你自己都没发现的兴趣所在。

这样一来,剩下的四位召主当中,你在叙述的时候讲得最热心的人是谁呢?"

绮礼心中感到一阵不祥的骚动。如果可以的话,他不想再继续讨论这个话题。

Archer注意到绮礼的不安,心情似乎愈来愈好。他面露满意的笑容,喝了一口酒润润喉咙。

"Berserker的召主,你说他叫做雁夜是吗?绮礼啊,关于这个男人的事情,你倒是报告得很详细嘛。"

"……这只不过因为他是一个背景很复杂的人物,需要多一点说明而已。"

"哼,你错了。只有对这个男人,你命令Assassin要深入调查到'挖出这些复杂的背景',这都是因为你那毫无自觉的兴趣。"

"……"

在进一步反驳之前,绮礼先回想自己的行为。

间桐雁夜……绮礼一直认为他是一个需要特别注意的人物。不只因为他对时臣的旧恨,他手下的Berserker具有夺取宝具的怪异能力,对Archer来说是克星中的克星。

但是要论危险性的话——雁夜与Berserker还不一定会排在前面。

一名半路出家的魔术师被迫负担一个疯狂化的从灵,他们这一组应该是五组敌人当中消耗最快的队伍。就算不用苦心算计,只要采取持久战就够应付了。

只要放着不管就会自我毁灭。在某种意义上来看,他们算是最好对付的敌人。像这种敌人还特别详细调查……平心而论,或许这的确是一种不合理的行为。

"……我承认，这是我的判断失误。"

绮礼以一种圣职者长年修身养性培养出来的特有谦虚态度颔首说道。

"仔细一想，间桐雁夜确实是个短命又脆弱的敌人。以长远的眼光来看，他根本不是威胁，不值得去注意。Archer，因为我对他的评价过高，结果却招致你不必要的怀疑。"

"哼哼，来这套吗。"

即使绮礼已经让步，Archer那双散发出妖异精芒的血红色眼眸依然高深莫测，让人难以窥知其心。

"那么绮礼，接下来假设一个状况——假设奇迹发生再加上侥幸，万一Berserker的召主当真存活到最后的话。你能够想象那时候会发生什么事吗？"

"——"

假设。如果只是虚构想象的话……

间桐雁夜所追求的最终局面就是与远坂时臣对决。虽然他毫无胜算，不过假设他打赢时臣，甚至获得了圣杯，到时候雁夜所要面对的是什么？

……不用说，他要面对的就是自身的黑暗面。打着替葵抢回女儿的正义大旗，却必须从她身边夺走丈夫的一大矛盾。雁夜的内心当中并没有发现这项矛盾……不，他是故意忽略。这也代表着他欺骗自己，隐瞒心中的嫉妒与低劣情欲。

站在染满鲜血的胜利顶峰，间桐雁夜将会被迫面对自己内心中最为丑恶的一面。

Archer看着绮礼默默思考的脸庞，露出会心的微笑。

"绮礼啊，你差不多也应该已经发觉了吧？这个问题真正的本质意义是什么。"

"……你说什么？"

Archer的晦涩暗示让绮礼愈来愈困惑。

自己刚才的思虑应该没有任何遗漏才是……

"告诉我，Archer。要我假设间桐雁夜获胜究竟有什么意义？"

"没什么意义，一点意义都没有——别摆出那种吓人的表情。本王已经说过好几次了，这不是在捉弄你。你仔细想一想，言峰绮礼到最后还是'没有发觉'这段思考毫无意义。你不认为这件事实背后的意义既清楚又明确吗？"

再继续绞尽脑汁想下去就着了Archer的道吧。绮礼已经放弃思考，将身躯靠在椅背上。

"说明清楚，Archer。"

"如果拿其他召主来问你同样的问题，你很快就会发觉这个问题没有意义，根本是白费工夫。但是关于雁夜，你却没有察觉出来。你放弃平时精准的思考，沉浸在无谓的妄想当中。你忘了这件事是多么没有意义，就算徒劳无功也不以为苦，这正是所谓的'兴致'。好好庆祝吧，绮礼，你终于了解何谓'娱乐'了。"

"……你是说娱乐就是愉悦吗？"

"没错。"

Archer的语气果断。绮礼同样也以坚决的态度摇头说道："间桐雁夜的命运根本不存在人性中的'喜乐'要素。就算他活得再久，也只不过是不断累积痛苦与悲哀而已，倒不如早早死了还比较幸福。"

"——绮礼，你为什么要把'喜乐'的定义看得这么狭隘？"

Archer长叹一口气,好像是对学生驽钝的脑袋感到无奈。

"把痛苦与悲哀当成一种'喜乐'又有什么矛盾?所谓的愉悦没有固定的形式,你就是因为不明白这一点才会觉得迷惘。"

"这是天理不容的!"

这声怒吼一半出自于下意识的反应。

"英雄王,我可以理解像你这种非凡人的魔性会以他人之苦为乐,但那是罪恶之心,应该受到惩戒之恶行。特别是在我言峰绮礼终生信奉的这条信仰之路上!"

"所以你一直以来都把愉悦当成是一种罪恶吗?你真是个有趣的男人呢,绮礼。"

当绮礼正要开口回嘴的时候,突来一阵强烈的剧痛让他痛得弯下腰来。

"!?"

左手上臂接近手肘的位置感到一阵烧灼般的疼痛。他当然不知道原因为何——却知道这阵痛楚是什么。同样的怪异现象他在三年前已经体验过一次了,那时是右手的手背,而那就是一切的开端。

痛觉很快就被一阵热辣的刺痒感所取代。绮礼惊讶地脑筋一片空白,他卷起上衣袖子,检视左手臂。果不其然,那正是命运的圣痕。对Assassin使用过一次之后剩余的两道令咒再次重现,形状与大小都与先前一样。

"哦,果然和本王所料想的一样。可是没想到竟然这么快。"

"这怎么可能——"

新的令咒。虽然绮礼能够理解那阵烧灼的麻痹感如假包换,但是他仍然惊讶地说不出话来。

这是不可能的。

目前所有召主都还存活,也没有任何一名从灵丧失契约。他竟然在这种情况下重新获赐令咒,这种例子过去前所未见。

而且再次获得同一道令咒的不是"初始三大家"的人,反而是一个对圣杯没有任何愿望的失败者。根本无从解释这种异常事态。

"看来圣杯对言峰绮礼相当期待。"

Archer脸上挂着隐藏一丝邪气的美艳微笑,看着绮礼震惊的模样。

"绮礼,你也应该回应圣杯的期望才对。你的确有足够的理由追求圣杯。"

"我要……追求圣杯?"

"如果那玩意儿真的是万能许愿机的话,它就会把深埋在你心中,就连你自己都无法理解的愿望具体呈现出来吧。"

看着Archer那洞悉一切的表情,绮礼有一种似曾相识的感觉。没错,他想到的是圣经插画中所描绘的伊甸园中的蛇。

"绮礼啊,思考绝对不会带给你任何解答。受到伦理束缚的思考就是扭曲你这个人的元凶。既然如此,那就取得圣杯祈求吧。然后看清楚圣杯究竟带来什么,将那事物当成你的幸福吧。"

"……"

这是绮礼至今从未有过的想法。

这就好比把目的与手段对调。因为不晓得自己的愿望是什么,所以将许愿机本身当成一种手段,让它去占卜结果的逆向悖论。

只是想求个答案的话——这确实是很有效的手段。

"……但是必须要消灭六个愿望才能得到这个结果。为了我个人的需求追求圣杯的话……就代表连吾师都会成为我的敌人。"

"如果你要与本王竞争的话，好好选个够强悍的从灵吧。"

Archer随口建议两句，一副好像事不关己的模样，一边喝下刚倒进酒杯里的酒。

"而且最初的前提是你必须先从其他召主手中把已经缔结契约的从灵抢过来才行。既然这样，干脆……不，还是别说了。呵呵，接下来的一切都操之在你了，绮礼。"

绮礼完全不了解第二次获得圣痕究竟代表什么意义，他心中的纠葛似乎让Archer觉得很愉快，英雄王鲜红的双眼中闪动着血色的愉悦。

"尽量去追求吧，这才是娱乐的真理。然后娱乐将会带来愉悦，愉悦又会指引出幸福。在你眼前已经有一条路了，绮礼。还是一条清楚到根本不需要犹豫的道路。"

−91：23：15

说到身为骑士最不可欠缺的要素，无非就是长剑与铠甲。但是还有一项东西比这些武具更重要，那就是一匹坐骑。

跨坐在马鞍上，自由操纵手中缰绳在战场上奔驰的英姿正是骑士们的真正期望。其实也不限于骑马，其他四足走兽、战车或是幻兽之类都可以。获得比步行还要更迅速的机动力，这种痛快感觉就是所有"骑乘行为"本质中共通的喜悦。

对于终其一生以骑士王身分度过的 Saber 来说，"驾驭"这种行为早就已经深植在她的灵魂中，几乎等于是一种本能冲动了。现世成为从灵的她所具备的"骑乘"技能主要应该也是来自这种心灵写照吧。

这真是太了不起了——Saber 在心中发出无声的赞叹，手指轻轻抚摸梅赛德斯奔驰 300SL 的方向盘。她以前一直以为操纵机械装置的感觉与疼爱骏马的行为肯定完全不一样。但是实际体验过之后，机械装置那种精细深奥的动作反而让她有一种错觉，仿佛自己面对的是一种有生命的生物。

虽然在知识上，她知道这是一架没有血液流动也没有灵魂的精密齿轮装置，但是这辆梅赛德斯能忠实地感受 Saber 这位驾驭者的心意，以强而有力的疾速奔驰予以回应。这种温顺的模样让她不禁感到一种信赖与满足感，就像是在驾御自己的坐骑一样。

"难怪爱莉斯菲尔会这么热衷了"

虽然Saber心里觉得认同,脑海中却浮出一点小小的疑问——爱莉斯菲尔是那么喜欢开车,今天怎么会想把方向盘让给Saber呢?

"开车的感想如何?Saber。"

坐在副驾驶座的爱莉斯菲尔问道。她的表情看起来非常满足,就像母亲在一旁看着自己的儿子拿到新玩具时欢欣鼓舞的模样。

"真是完美的骑乘工具。我甚至忍不住去想,在我的时代也有这种工具该有多好。"

Saber暂且将心中多余的疑虑抹去,报以真诚的微笑。爱莉斯菲尔一定是知道Saber会高兴才让她坐上梅赛德斯的驾驶座,也就是说这应该是她褒奖忠心骑士的一份心意。那么自己就不该胡思乱想,应该心怀感激,好好享受驾驶的乐趣才不会失了礼数。

"从灵的技能还真是厉害。第一次接触就操纵得这么完美。"

"虽然感觉有点奇怪——像在使用一种很久以前就已经熟悉的技术一样。

不是以理论去理解,而是自然就会想到接下来的步骤。"

爱莉斯菲尔颇感兴趣地轻哼一声,露出某种危险的笑容。

"我突然想到了。如果从某个黑市买来最新型的战车还是轰炸机让你坐上去的话,是不是可以一口气结束掉这场圣杯战争?"

虽然明知爱莉斯菲尔是在开玩笑,Saber还是忍不住面露苦笑。

"这个想法很有趣,但是我敢拍胸脯保证——不管在任何时代都没有一种武器比我手中的剑更厉害。"

虽然Saber的主张很狂傲,但是爱莉斯菲尔并没有反驳。只要看过一眼从灵之间的对战,就会明白她所说的话不是夸张傲慢,而是不折不扣的事实。

"话说回来,舞弥好像愈走愈进入冬木市的中心了——"

Saber看着在前方带路的小货车,语气有些紧张。

"——真的不要紧吗?那个当成新据点的房子竟然就在战场正中心……"

"这一点你不用担心。远坂与间桐都是这样大刺刺地把据点设置在市内,其他外来的召主大致上也一样。艾因兹柏恩家把城堡盖在那么远的地方才奇怪呢。"

在这场以暗斗为大原则的圣杯战争当中,据点的地理位置并没有什么太大的意义。地脉的优劣或是灵质条件等这些魔术因素才是他们眼中的"地利"。

"而且其他召主不知道这个地点。从这一点来看,切嗣所准备的新据点可能比以前的城堡还更有利。"

"……"

一听见切嗣的名字,Saber的表情果然露出一丝阴霾。可能就连她本人也没发觉吧。

爱莉斯菲尔想着这也难怪,在她的心中都已经放弃了。Saber与切嗣的不和睦是早在一开始就已经预料到的事,爱莉斯菲尔现在的立场本来就是为了要弥补双方的关系。事态演变至此,只能说他们两人果然"表现斐然"了。

平凡的小货车与古典跑车形成一种奇妙的对比组合,两辆车终于渡过了冬木大桥,进入深山町。周围的景象从新都的街景陡然一变,单调却让人嗅到历史风情的静谧住宅鳞次栉比地排在一起。

"来到这附近，距离远坂或是间桐的据点应该已经近到只要想去的话就可以直接走过去。还真是选了一个危险的地方当根据地呢……"

"切嗣可能认为这反而是一种盲点。说到攻敌之不备这一点，他的思考一直都是很精准的。"

Saber 的评论不带有私情，但当她说话时，语调还是相当冷硬的。如果单单只论战略上的见识，Saber 无意否定切嗣的理论。她不能容忍的是切嗣那种完完全全只顾战略的冷酷方法论。

过了不久，舞弥将小货车向着一堵又矮又长的灰泥墙靠过去，在路边停了下来。看来目的地似乎已经到了。

"就是这里……这栋建筑物还真奇怪。"

梅赛德斯奔驰跟在小货车后面停下。爱莉斯菲尔下车后的第一句话就先表现出自己的疑惑。

那是一栋古意盎然的纯日式建筑，应该颇有一段历史。在这仿佛被时间所遗弃的深山町中，这种样式的住宅虽然并不稀奇，但是以木造平房来说，占地实在大了点，和近代日本的住房比较算是相当稀少的特例。

这栋住宅的荒凉程度同样非比寻常，应该有一段很长的时间没人居住。或许是因为这栋房子曾经有过什么背景，所以在没人入住的情况下竟然也没有拆毁，就这样一直在市街当中占据着一大片面积，形成一块荒废的空白。

"从今天开始，就请您两位把这里当成根据地。"

从小货车上走下来的舞弥以事务性的口吻说道，向爱莉斯菲尔递出一串钥匙。

"啊，这东西就由 Saber 保管吧。"

"好的，爱莉斯菲尔。"

照道理来说，住宅的钥匙应该交由主人保管。但是 Saber 不疑有他，从舞弥的手中接过钥匙串。除了院子大门与玄关钥匙之外，其他的应该是便门和别馆的钥匙吧。以一般的民家来说，这些钥匙算很多了。在现代圆锁的钥匙群中唯有一把铸造钥匙看起来年代特别久远。

"舞弥，这是什么钥匙。好像和其他的钥匙差很多。"

"这是院子里仓库的钥匙。虽然很旧，但是已经确认过仓库门很牢靠，没有问题。"

舞弥说完之后，好像又想起这栋住家的状态，冰冷的表情露出些许的忧郁。

"非常抱歉，因为这栋房子的所有权是刚买下来的。如您所见，这里一点准备都没有，作为生活起居的场所可能不是很恰当……"

"没关系，只要可以遮风避雨就行。"

以一名出身高贵世家的千金小姐来说，这样的评语实在让人感到贴心。事实上说到荒废的程度，这里和成为战场之后的艾因兹柏恩城实在也差不到哪里去。

"那我先告辞了。"

可能是切嗣有交代其他任务，舞弥三言两语向两人道别后回到小货车上，开车扬长而去，把 Saber 与爱莉斯菲尔留在空屋的门前。

"好了。Saber，我们来检查新家吧。"

"是啊……"

打开大门的锁，映入眼帘的果然是一片长久以来没有人整理，杂草丛生的前院。主体建筑的平房虽然没有石造城堡耸立天际般的压迫感，但是荒烟漫草同样也让人感到阴森。

"真像是日本风格的鬼屋。"

爱莉斯菲尔对这栋废屋荒凉的模样非但完全不以为意，反而好像很兴奋，喜滋滋地看着四周，就像是一个期待到游乐园一闯鬼屋的顽皮小孩。爱莉斯菲尔偶尔会流露出的这种天真稚气，总让 Saber 又是苦笑又是叹息，不晓得该作何反应才好。

"咦？你怎么了，Saber？"

"没什么。你不在意就好了。"

对于身经百战的 Saber 来说，夜宿野外的生活早就已经习以为常，阴森的废墟根本不算什么。只要爱莉斯菲尔能接受，把这栋空屋当成据点也没什么不好。

"走廊上一定是铺着木板，用纸做的门在干草紧密编成的地板上隔出房间吧。呵呵，我以前曾经说过想要看看日式住宅，不晓得切嗣是不是还记得这件事呢。"

"……"

虽然 Saber 一点都不认为那个如同机器般冷酷无情的男人在战场上会花这种心思，但她也不忍心对心情大好的爱莉斯菲尔浇冷水，只是在一旁默不作声。就这样，爱莉斯菲尔一边检视灰蒙蒙的屋内，一边嬉笑，总算是把主屋彻底看了个仔细。然后她的表情突然转为严肃，认真思考起来。

"内部不如你的期待吗？"

"不是，房子本身我已经好好欣赏过了——只是以魔术师的据点来说，这地方还有些难处。"

原本以为爱莉斯菲尔只是抱着游山玩水的心态随意走走看

看。不过再怎么说她都是一流的魔术师，看来该注意到的地方她一处都没放过。

"虽然铺设结界没有问题，但要设置工房的话就……考虑到这个国家的风土民情，这也没什么办法。格局这么开放，魔力很容易就会流失。特别是艾因兹柏恩的术式……伤脑筋。如果可以的话，最好是有一间石造或是土造的密闭空间……"

Saber灵机一动，取出还没使用的最后一串钥匙。

"听舞弥说院子里好像还有一间仓库。我们去那里看看吧。"

"啊，这里就很理想了！"

一踏进仓库中，爱莉斯菲尔立刻很满意地点头。

"虽然狭小了点，但是这里可以用和城里一样的方式组装术式。总之只要先铺设魔法阵应该就能固定起来成为我的领域了。"

或许切嗣打一开始就是想找一栋有仓库的房子才会买下这里吧。如今现代化的脚步愈来愈彻底，就算是在日本，想要找一间有仓库的房子也不是一件容易的事。

"那我们开始吧。Saber，可以请你帮我把放在车上的材料拿过来吗？"

"好的，要全部搬进来吗？"

"现在只要先拿炼金术系的道具与药品就够了。我想想……对了，应该全部都整理在红色和银色的化妆箱里。"

"我知道了。"

堆放在梅赛德斯后车厢里的货物当中，有一件特别轻、特别小，但是爱莉斯菲尔却指示搬运时要特别注意的物品。虽然打包的人是舞弥，但是Saber也看过。

当Saber捧着化妆箱回来时，爱莉斯菲尔好像已经趁这段时间选定好了绘制魔法阵的位置，指着仓库一隅的地面。

"不好意思Saber，可不可以请你帮我个忙？我要在那个地方画一个直径六英尺的双重六芒星。六芒星的头朝向那个方位。"

"好。"

Saber在过去曾经向监护者学习过一些魔术的基础知识，只是依照爱莉斯菲尔的指示动动手的话，对她来说并不困难。

因此她的迷惑不是针对爱莉斯菲尔指示的内容，而是她的意图。

"可以请你从调配水银开始吗？我会告诉你调配比例，请你慎重地——"

"爱莉斯菲尔，我想问你一件事。"

Saber还是没办法视若无睹。她下定决心，把今天早上到现在一直藏在心中的疑问说出口。

"可能是我多心了，不过今天你好像一直有意避免碰触物体。"

"……"

"开车、拿钥匙……我本来还想如果只是这点小事不需要太介意。但是连最重要的魔术操作你都不愿意自己动手。如果是我误会的话，请告诉我。你今天是不是有什么不方便？"

爱莉斯菲尔好像很难启齿，眼神四处飘移，支吾其词。Saber一边小心自己的语气不要过于强烈，一边继续问道："如果你的身体状况不佳的话，一定先要告诉我。我的任务是如果发生万一的话必须要保护你，你的身体有不舒服，我就得更加小心注意。"

"……对不起，就算瞒着你也没什么用。"

爱莉斯菲尔死心，叹了一口气。要Saber伸出手来。

"Saber，现在我要使尽力气握你的手，准备好了吗？"

"嗯，你请。"

丈二金刚摸不着脑袋的Saber握住爱莉斯菲尔的手。爱莉斯菲尔那只完美无瑕的纤纤玉手轻扣住Saber的手掌……之后就只是不断重复相当微弱的痉挛，手上完全没有使力。

"……爱莉斯菲尔？"

"我不是在开玩笑。这已经是我现在能使出的最大力气了。"

爱莉斯菲尔不好意思地苦笑，说出事实。

"用手指勾勾已经是极限，根本没有力气抓握东西，所以不能操作易碎物或是机械。早上换衣服的时候真是费了我好大一番劲儿呢。"

"这到底是怎么一回事？你哪里受伤了吗？"

Saber大感惊慌，爱莉斯菲尔只是若无其事地耸耸肩。

"因为有点不舒服，所以我把触觉截断了。只要封住五感当中一种，就可以减少相当分量的灵格，不会对其他行动造成不便。人造生命体就是这一点方便，能够自由自在地进行修正。"

"这种事怎么可以这样三言两语打发掉！而且你说身体不舒服，究竟是什么状况？是不是需要治疗？"

"不用那么担心，Saber。你可能已经忘记了，我可不是一般的人类。不能因为感冒就跑去看医生——身体不舒服的毛病，嗯……应该说是我身体构造上的缺陷是没问题的。现在不需要你担心，我自己可以处理。"

"……"

虽然爱莉斯菲尔这么说，Saber 还是无法接受。但是再继续追问下去的话，可能会让爱莉斯菲尔身为人工生命体这种"人造物"的事实被赤裸裸地掀开。Saber 不忍心这么做，因为她非常明白，"自己并非只是一具人偶"的自我意识一向是爱莉斯菲尔心中小小的骄傲。

"不过说是这样说，还是有许多地方会麻烦到 Saber。以后车子就像今天这样，只能让你开。进行魔术仪式也需要请你帮忙。虽然有点过意不去，还是请多指教，我的骑士大人。"

"这是应该的。我不该追问这些事，请你原谅。"

"没关系没关系。来，我们快点把阵法设好吧。只要在与地脉连结的魔法阵里好好休息，我的身体状况应该也会稍微好转一些。"

"我知道了，请你说明制作程序吧。"

就这样，两人重新着手进行把仓库改造成临时工房的仪式。依照爱莉斯菲尔的指示精炼水银，设置艾因兹柏恩式魔法阵的作业当然需要一些集中力，但是难度并不高。与其说她们是魔术导师与高徒，倒更像一对关系亲密的姐妹。两人就在轻松和睦的气氛下埋首于工作当中。

Saber 暗暗下定决心，要把与爱莉斯菲尔在这间工房里度过的一分一秒，两人之间交换的微笑深深烙印在心中，永不遗忘。虽然这时候还不确定，但她的下意识已经有了某种预感。

这将是她最后一次与这位高贵美丽的公主殿下共同编织幸福的回忆。

−90∶56∶26

有一批军队从遥远的西方扬起滚滚尘沙而来。一开始每个人都认为他们只不过是一批普通的蛮族敌军罢了。

早在他们举兵攻来之前,就已经从传闻中听说他们骁勇善战。在遥远西方的希腊有一个叫做马其顿的小国,一位年轻的君王从亲生父亲手中篡夺王位,之后以迅雷不及掩耳的速度平定邻近诸国,入主港都科林斯(Korinthos)。

伊斯坎达尔——

听说他的野心跨过海峡,将他那只无法无天的手腕伸到了这个伟大的波斯帝国。

效忠光荣祖国的守军当然不会畏惧侵略者。男人们赌上战士的威严,迎战征服王的军势。战士们真正感到惊讶、退缩以及害怕是在亲眼目睹这批士气异常高昂的敌军有多么凶猛之后。

敌兵不尊奉上天的旨意、也不高举正义的大旗,只是一群为了实现一名暴君的贪欲而纠集的军队——他们个个剽悍,高声发出咆哮进攻起来极为威猛凶狠,最终击败发誓赌上性命守护祖国的将士们。

但是之后发生的事情才更让败军之将感到讶异。

征服王面对嘶声痛骂邪恶侵略暴行的俘虏,仿佛像是个为自己的恶作剧找理由辩白的孩子一样,一点都不认为自己做错事。

他说："朕不是想得到你们的国家，只是希望继续向东行而已。"

"想把这里当成进一步侵略的桥头堡吗？"

"不，不是的。"

"难道你的野心要跨过伊朗平原，甚至想要夺下远方大君的领土吗？"

"不不，还要更往东行。"

征服王愉快地对困惑不已的异国人民这么说道："朕要前往世界的终点，亲眼看看遥远东方那片'世界尽头之海'（Okeanos），在那片沙滩上留下朕的足迹。"

没有一个人当真。

每个人都认为这是他隐瞒真正意图的谎言，完全没当一回事。

但是这个男人真的把攻下的占领地支配权以及利益全部一股脑儿扔给当地豪族，自己则带领军队继续向东前进。战败的将士们呆呆地看着他的背影，这时候他们终于明白了。

那位脸上带着一丝害臊笑意的霸王所说的"理由"全部都是真的。

他只是想要到东方去，因为这里刚好挡到路，所以攻破这里。

将士们的光荣与骄傲只因这种理由就被剥夺，故国土地遭受铁蹄践踏。他们才真正可悲。

一开始，他们感到悲愤不已。

然后他们对于自己的一世雄风竟然因为这种愚蠢的理由烟消云散而感到自怜自嘲。

但最终，失去一切的他们又回想起来。

在那群山叠峦的另一头究竟能看到什么——

在那苍穹青空的彼方究竟有些什么——

这不就是所有男人在往日少年时光里都曾经神往的梦想吗？

男人们抛弃赤子之心的梦想，汲汲于利益与功名。他们成为武将，成为执政者，花费大半时光挣来现在的地位。孰知在一夜之间粉碎他们存在价值的人——竟然是一个怀抱着他们老早已经舍弃的梦想，至今仍然为之心醉的男人。

当男人们明白这件事之后，他们重新拿起武器。

他们把自己还没当上英雄或是将领，还只是一介少年时第一次拿到的铠甲与长枪从仓库中翻出来。他们失去荣耀与尊严的内心重拾那时候的激昂跃动，追随向东方远去的大帝背影。

就这样，王之军势在每次获胜之后更增声势。

在旁人的眼中，他们一定是一群相当奇怪的军队吧。

因为这些被打倒的英雄、落败的将军、失去王位的国王脸上全部都洋溢着笑容，眼神中充满着期待，一起结伴策马而行。

我们要向"世界尽头之海"前进——

男人们大声呼喊，齐声高唱。

向东行，继续向东行。

直到有一天与"那个男人"一起看见传说中的沙滩为止。

永无止境的远征继续进行。

跨越炎热的沙漠，翻过严寒的峻岭，渡过汹涌的大河。从不知名猛兽的獠牙下九死一生，好几次被玩弄于陌生异族的陌生武器与战术之下。

就这样，许许多多离乡背井的士兵们在异乡倒下。

他们把王者继续前进的背影烙印在眼中而死去。

他们的耳中聆听着远方的浪涛声而殒命。

传说中，那些力竭而死的尸首脸上全都带着骄傲的微笑。

最后——梦中的景象又回到那片他曾经看过的那片暮霭笼罩的海岸。

除了一波又一波的浪涛声之外一无所有，一望茫茫无际的永恒之海。

这是那位王者在无尽的梦想中所描绘，但最终仍然无法亲眼得见的地方。

所以这一定不是"他"记忆中的情景——

而是在他风雨飘摇的一生当中，无时无刻怀抱在心中的心象吧。

英灵的记忆来自时空彼端，在这段让人目眩神驰的幻梦最后，少年聆听着世界尽头的海潮之音。

这波浪涛声或许就是在"他"心中鸣响的鼓动也说不定。

×　　　×

当韦伯说想要上街去的时候，Rider二话不说就答应了

韦伯当然不是对这个地处极东之地，与伦敦根本无法相提并论的乡下城市有什么兴趣。他只是想要找一本书而已。

去图书馆事情会好办很多，但是与自己同行的壮汉几乎可以称之为会走路的活跃性低气压，带他去一个规定要保持肃静的空间实在太冒险了。再说Rider身上还有召唤第一天就破坏图书馆

大门的前科,虽然他们还没被识破,但是韦伯也不想主动二度造访犯罪现场。

只能去书店了——但是本地的书店只卖本地语言的书籍,想要购买比较好的英文书只能寻找大型书店,想当然最后就只能去闹市区找了。

仔细一想,这还是自己第一次大白天到冬木市的新都区来。这也是当然的,因为之前没有什么特别要事需要白天到这里。近来夜晚的街道已经被难以掩饰的强烈妖气所笼罩,但是在晴朗阳光照耀之下的市区白天和夜晚截然不同,丝毫没有一点怪异的感觉,依然保有日常的闲散气氛。

"不过今天到底吹了什么风?"

"没什么。单纯想要散散心。"

韦伯绷着一张脸,回答 Rider 随口问的问题。虽然他的心情没有什么不痛快,但是不用着 Rider 说,他也知道散心这种无意义的行为完全不符合自己的做事方针。

事实上他只是想……就算只有一时半刻也好,他想要把圣杯战争的事情抛在脑后。

在韦伯的心中,他参加这场战争的意义正在逐渐产生变化。虽然只是些微的变质,但是一旦深入思考,就会无止尽地占据整个意识,压得他几乎喘不过气来。

"有什么关系,你想这么多做什么。再说你从前天开始不就一直吵着要去人多热闹的地方吗?"

"嗯,在异乡的市场四处闲逛的乐趣可一点都不输给战争的刺激感啊。"

"……那些因为这种理由被卷入战火的国家还真是可怜。"

韦伯冷淡的低语似乎让Rider想到什么，他带着有些讶异的表情疑问道。

"小子，怎么你的口气听起来好像你亲眼看见过似的？"

"没什么，这是我自己的事。"

与从灵交换过契约的召主在很偶然的情况下会以做梦的方式窥见英灵的记忆，且不论Rider知不知道这件事，韦伯已经不想再谈起今天早上的梦境。没有人喜欢自己的记忆被窥看，而且韦伯也不是想看才看到的。

韦伯终于在站前的商店街找到中意的书店，附近也有很多Rider应该很有兴趣的店家。这种热闹的地方，就算征服王在韦伯办完事情之前无所事事，也不必担心他会惹出什么麻烦。

"那我暂时在这间书店逛逛。"

"嗯。"

"你想要做什么都无所谓，但是千万不可以离开这条拱廊商店街，就算大白天也不能掉以轻心。万一我遭到攻击，你也会马上完蛋。"

"嗯，嗯。"

不晓得Rider有没有听进去，他那双铜铃般的眼睛精光闪耀，已经开始把附近的酒店、玩具店、电玩店还有关西烧饼店全都仔仔细细地扫过一遍。

"……不准征服，不准掠夺。"

"啊!?"

"你啊什么啊！真是的！"

韦伯差点没有在众目睽睽之下大声骂出来。他好不容易忍住，把皮夹塞到征服王粗厚的手掌中。

"不可以顺手牵羊,也不可以吃霸王餐!看到什么想要的东西就花钱买!还是说一定要我用令咒讲你才听得进去!?"

"哈哈哈,这算什么话。马其顿的礼仪在过去不管哪里都是文明人的象征。"

Rider扔下一句不知道能不能当真的夸耀话语后,拿着钱包兴奋地走进购物人潮中。韦伯看着他的背影,心中七上八下。虽然韦伯很不放心,但是别看Rider这样,他对于异国文化的确拥有超乎想象的适应力。从他昨天晚上笼络麦肯吉老夫妇的手段来看,就能清楚看出这一点。

要是Rider把刚才交给他的皮夹里的钱全部花光,他们在冬木市圣杯战争的资金超过一半都会泡汤,但是如果能用金钱解决那个Rider捅出的娄子,那还算便宜了。只要拿到圣杯,到时候就算没有旅费回国也有办法离开吧⋯⋯该死,到时候变成什么样都随便啦!韦伯也稍稍成长为能够看得开的男人了。

至于韦伯自己——就算找到要找的书,他也没打算买,直接在书店看就够了。他绝对不希望一不小心让Rider看见自己在看那种书,所以不可能冒险买回去。

可能是因为冬木市外来居民多的特性,外语书区摆的书不光只有观光旅游以及内容低俗的平装书,麻雀虽小五脏俱全。韦伯本来不抱什么期待,没想到没花多少工夫就找到自己想看的书,他马上开始用速读浏览书中的内容。

只要一拿起书就容易忘了时间,这是韦伯从小到大不曾改变的习性。韦伯自信自己熟读而且理解课本内容的能力不输任何人。

但是这种才能在时钟塔只会被当成方便调查资料的实习书籍管理员，任人使唤而已。有好几次当他看见那些平白无故写得艰涩难解的术理解说时，他都觉得很懊恼，要是自己来写的话一定可以写得更加简单易懂。

但是随着他不断翻动书页，这些难堪的回忆也逐渐被驱逐到意识之外。现在韦伯手上拿的书籍内容已经占据了他的内心，让他的心驰骋于遥远的彼方。

韦伯默默地不发一语，就这么不知道看了多久的书。

忽然他感觉到有一股质量大到超乎寻常的双足移动物体正在接近，赶紧装出若无其事的表情把书放回原处。回头一看，正好与探出头查看西洋书卖场的Rider四目相对。

"找到你了。你的个子这么小，站在书架之间根本看不到，找起来太累人了。"

"一般人本来就比书架矮，笨蛋——你买了什么东西吗？"

Rider的一只手上果然拎着一个大得让人很不放心的纸袋，但是他好像巴不得想找个人炫耀一番似的，当场就把纸袋里的东西拿出来晃晃。

"你看！《绝妙大战略Ⅳ》竟然就是今天发售，这是初回限定版！哼哈哈，朕的LUC（幸运值）可不是盖的！"

没想到他竟然去买这种幼稚又愚蠢的东西，韦伯觉得有点偏头痛了。

"我说你啊，这种东西只买软件——"

话说到一半，韦伯发觉这个大到不像只装着游戏软件的纸袋依然还是鼓鼓的。他知道征服王已经细心地连主机都买下来，再也不说话了。

"小子，回去之后就来玩对战游戏吧！游戏手柄也买了两支！"

"我对这种下贱又低俗的游戏可是一点兴趣都没有。"

听见韦伯如此嗤之以鼻，Rider看起来有点哀伤，郁闷地皱起眉头深深叹口气。

"真是的。为什么你老是喜欢把自己的世界搞得这么狭隘……难道你完全不会想去找点乐趣吗？"

"你很烦啊！与其分心对其他多余的东西产生兴趣，不如专心一意追求真理，这样才是魔术师！我身上没有一点多余的脑细胞可以消耗在电视游乐器上面！"

"这么爱读书的你就是对这本书有兴趣吗？"

Rider轻而易举就猜中刚才韦伯放回书架的书，拿了出来。这一手奇袭实在是太出乎意料之外，韦伯慌张地不禁发出怪叫声。

"才不是！你、你怎么知道!？"

"放在书架上的书只有这一本上下颠倒，任谁都看得出来——《亚历山大大帝传》……这不就是朕的传记吗？"

说起丢脸的程度，韦伯敢说即使是以前论文被讲师肯尼斯嘲笑的时候，自己的脸都没有现在这么红过。

"你真奇怪，何必依靠这种真伪难辨的记录。本人就在你面前，想问什么直接问不就好了？"

"好，我问！要问就问！"

韦伯赌着一口气不让眼泪掉下来，把书本从Rider手中抢过来，翻到自己想问的那一页，推到Rider眼前。

"在历史上你可是一个超级小矮子！为什么会以这么高大的身躯现世!？"

"朕是小矮子？为什么？"

"你看这里！当你攻陷波斯宫殿，坐上大流士王的宝座时，书上写你因为脚踩不到地，还找桌子当成踏板！"

"啊啊，大流士啊！那就难怪了。和那位男子汉大丈夫相比的话还真是——"

一听见这个名字，征服王马上两手一拍哈哈大笑起来，然后用一种沧桑的眼神望着半空中，仿佛在遥想一位怀念的老朋友。

"那位帝王啊，不只器量大，连身材也相当高大。像他这号大人物统治强大的波斯帝国真是再适合不过了。"Rider意味深长地说道。

韦伯总觉得他的视线好像在仰望一个身高将近三米的大巨人，感到背脊一阵发冷，赶紧打断脑海中的想象。

"我不能接受……不晓得为什么我非常不能接受！"

"要说不能接受的话，亚瑟王还是个女人呢！这比朕是高还是矮要糟糕多了吧。重点是这种不知道是什么人写的历史没有必要把它当真，看成宝一样。"

本以为Rider会觉得受辱而大发脾气，没想到他好像完全事不关己似的一笑置之。韦伯仔细地打量着他。

"你一点都不在乎吗？这可是你自己的历史啊。"

"嗯？这没什么好在意的……很奇怪吗？"

"当然奇怪。"

韦伯继续追问下去。不知为什么，他甚至没有发觉自己已经动起肝火了。

"不管在任何时代，掌权者不都是千方百计想要让自己的名字流传后世吗？如果受到奇怪的误解，一般来说都会很生气吧。"

"哼，因为流名青史也算是一种不死嘛，但是在朕看来一点意思都没有。与其像这样只有名字在书中流传两千年，朕还比较希望在世的寿命更长一点。"

"……"

韦伯终究不明白Rider一边苦笑一边说出的这番话究竟是开玩笑还是认真的——但是对于刚刚还在阅读征服王历史的韦伯来说，这句话听起来格外沉重，让人一时不晓得该怎么回应。

虽然亚历山大大帝创造出了史上最大帝国的霸业，但是他却无缘享受这份荣耀，年仅三十多岁就结束了一生。

韦伯无法想象这是一件多么让人遗憾愤恨的事情。但是听见本人怨叹自己短命，就算他说话的语气再轻佻，总是有一种难以言喻的深远意义。

"要是朕再多活个十年的话，就可以远征西方了。"

"……向圣杯许愿的话，顺便叫圣杯连不老不死的愿望都一起实现了吧？"

看征服王还说得这么轻描淡写，韦伯再也无法沉默下去，开口随便应了一句。

"不死吗，那也不错呢。如果不会死的话就可以尽情征服到宇宙的尽头了。"

Rider得意洋洋地笑道。这时他好像想起什么事情，表情突然垮了下来。

"……这么一说，竟然有人把曾经到手的不老不死白白放弃掉。哼，那家伙果然让人不爽。"

韦伯不晓得Rider说的究竟是什么事，再说他根本没有去注意Rider的自言自语。现在的他因为重新体会到昨晚的圣杯问答中，Rider透露的愿望背后的真正意义，无心再去理会其他事物。

两人在黄昏下急忙踏上归途的时候，韦伯仍然默不作声。

再过不久这座城市就会沉入黑夜中，再度成为争夺圣杯的战场。韦伯也必须以一名召主的身分带着自己的从灵参与战斗。

他不觉得有什么可怕，甚至没有一点不安。

韦伯明白也确信自己的从灵毫无疑问是最强的——因为昨晚他终于亲眼看到Rider真正的宝具。

直到现在，他还能清楚回想起那阵吹动热砂的焦风气味。

那群庞大的光辉闪耀的骑兵军团深深烙印在他的脑海当中。

伟大大帝在军团阵头前昂然而立，雄赳赳、气昂昂地质问何谓真正王道的威容。

"王之军势"——拥有这种异常强大宝具的英灵怎么可能打输，伊斯坎达尔一定可以击退所有敌人，获得胜利。

这或许的确是征服王伊斯坎达尔的胜利——但算得上是韦伯的胜利吗？

没错，他并没有忘记。自己抛弃一切投身于圣杯战争，是为了用行动给那些至今瞧不起他、羞辱他无能的纨绔子弟一点颜色。以一名魔术师的身分获得胜利，证明自己的实力，这就是韦伯的第一要务。

但是在冬木等着他的却是一场场将他的存在置之度外的战斗……一名不顾召主的行动方针，以强悍无匹的武力任意获得胜利的从灵。

接下来Rider一定也会继续轻松取胜，一切好像都是理所当然的。然而另一方面，韦伯大概只能继续害怕地躲在从灵背后，到最后一事无成，看着战争落幕。

韦伯只是一个运气绝佳的懦夫，抽到一张自己根本配不上的最强卡片才能取得圣杯。在光荣胜利的 Rider 背影之下，他终究只是一个到最后仍然受人冷嘲热讽的丑角。

　　假设 Rider 真的有可能落败——顶多也只是因为被无能的召主扯后腿的关系。

　　就在心中感到无比颓丧的同时，他再次深深体会到一件事。就算这场战争结束了……自己还是不会有任何改变。

　　在这位过于强大的英灵身边，彻底体会到自己多么渺小、多么不堪。这种屈辱感比在时钟塔怀才不遇的焦躁更让韦伯的自尊心受到打击。

　　"怎么摆出一副闷葫芦的样子啊？嗯？"

　　温和而舒缓的粗重声音从几乎是正上方的高度传下来。一如往常只要抬头一看，眼前就会看到一张笑脸，那张笑容天真地让人觉得奇怪。究竟什么事情这么有趣。

　　特别是抬头仰望的角度让韦伯觉得很不愉快。

　　被 Rider 低头俯瞰的角度让他感到无与伦比的悔恨。

　　"我——最讨厌你了！"

　　韦伯用他最后一点矜持忍住不让这句话冲口而出。他撇过头去，用一句比较委婉的讽刺话语代替。

　　"没什么，我只是觉得你这个人很无趣罢了。"

　　"你就是觉得很无聊不是吗。既然这样就不要再硬撑了，来玩这款游——"

　　"才不是！"

　　两人之间的沟通还是一样没有重点，韦伯终于忍不住发起脾气来。

"就算让像你这样百分之百会赢的从灵拿到圣杯……我也没什么值得骄傲！还不如和Assassin订立契约，打起来还比较有价值！"

Rider慢吞吞地哼了一声，搔搔脸颊。

"这实在太乱来了。搞不好你现在已经挂了喔，小子。"

"我不在乎！如果是为了自己的战斗而死，死也无憾！我就是抱持这样的想法来参加圣杯战争的！结果现在——不知不觉变成你才是主角！总是在我下命令之前随便行动！那我的立场该怎么办？我到底是为了什么才来日本的！？"

"就算你对朕抱怨这些事情……"

Rider的神情和气急败坏的韦伯相反，始终一副好像什么都没在想的悠哉模样。韦伯完全是一拳打在一团棉花上。

"如果你对圣杯许的愿望伟大到足以吸引朕的话，征服王当然不会吝于听从你的指挥——不过想要让身高拉长的宿愿再怎么说也实在是太那个……"

"不要随随便便决定别人的愿望！"

"算啦，这有什么关系。"

伊斯坎达尔把手放在愈来愈激愤的韦伯头上，打断他的话头。

"你何必这么着急呢？对你来说，这场圣杯战争又不是你人生当中最重要的表现舞台，不是吗？"

"你说什么！"

如果这场大仪式不是这一辈子最大的胜负赌注，那又是什么——如果韦伯这么回答，他一定会愈来愈落于下风吧。毕竟对征服王来说，圣杯不过是他获得肉体的手段而已，在那之后征服世界才是他真正的目的。

"等哪一天找到真正觉得宝贵的生命意义，到时候就算再不情愿，你也必须为了自己而战。到那时候再来寻找自己的战场也不迟。"

"……"

对于这名为许愿机的奇迹，所期望的却只是一具人类的肉体——竟然有这么愚蠢又荒唐的交易，韦伯觉得荒谬至极。他原本认为把这种事情当成"抱负"到处吹嘘的 Rider 简直是傻到没药可治了。但是——如果是一个把圣杯与自我放在天秤的两端，认为自我更有价值的人，会许这种愿望就一点都不奇怪了。

像他这样以自身为傲的狂妄角色到底是个什么样的人物？

韦伯非常在乎这个问题，甚至特地从史书记载中寻找答案。但即使他看过书中列举的种种丰功伟业，也只是重新有了更深刻的体会罢了。这个男人就是这么伟大、刚强，拥有旁人难以望其项背的器量——让那些英勇灿烂的精锐战士们这么景仰、这么崇拜，甚至死后还依然对他效忠。到头来韦伯还是不得不承认。嘲笑征服王的愿望无聊的人就是那些根本无法与征服王相提并论，在无趣的臭皮囊里过着无趣人生的人们。

"……对这段契约感到不满的，应该不只有我吧。"

在沉默中深刻体会这种屈辱感之后，韦伯压低了声音这么问道。

"嗯？"

"你应该也很不满吧！竟然是我这种人当你的召主！你如果和其他召主缔结契约的话，早就轻轻松松打赢了吧！"

韦伯嘶哑着声音大声问道。但是 Rider 好像完全不了解他心中在想什么，一副老神在在的模样。

"嗯，也对啦。"

说着，他仰起头来。

"的确，如果你的体格再好一点的话，我们说不定看起来会比现在更搭配一点。"

征服王好像说了一个稀松平常的玩笑话一样一笑置之。但是以韦伯的角度来看，这是一种极端的嘲弄行为。身材矮小的召主更加愠怒，气得咬牙切齿。这时候 Rider 打开那本他随时带在身上的地图册，指着第一张大跨页图面。

"小子，你看看，这就是朕正在挑战的敌人。"

"……"

那是一个印在一张 A2 面积大小的纸张以颜色区分的全世界。这个意思是说 Rider 把整个世界都看成他终将面对的"敌人"吗？

"你试着把我们的模样画在这里印着的'敌人'旁边，就像朕和你两人站在一起那样画出来。"

Rider 不知所谓的话语让韦伯觉得莫名其妙。

"这种事根本——"

"不可能，对吧？用再细的笔都不行，用针头画都嫌太粗，根本画不出来——在我们未来要挑战的敌人面前，你和朕一样都只是一个极为渺小的点而已。所以根本没有什么搭不搭配的问题，"巨汉从灵豪迈地笑着说道，"比起朕要征服的梦想，我们的身体比罂粟粒还要小。你和朕都一样，小得无与伦比。如此微不足道的两个人彼此比较身高有什么意义呢？"

"……"

"正因为如此，才让朕觉得热血沸腾。"

Rider 露出猛悍的笑容，傲然说道。

"无力又渺小,那好得很啊。以这副比罂粟粒还微小的身躯怀抱伟大的愿望,总有一天要凌驾于这个世界之上。这种心中的兴奋……这才是征服之王的心跳鼓动。"

韦伯完全抬不起头来。

这根本不是在安慰他,到头来他还是等于被嘲笑了一顿。

深深盘踞在他心中的昏暗怨恨、烦闷都只是不足一哂的琐碎杂事罢了。征服王完全不会去理会这种鸡毛蒜皮的烦恼。

"……反正你就是想说召主根本不重要就对了。就算我再弱小,对你来说完全不算问题。"

"你怎么会这么想呢。"

Rider 微微皱眉,苦笑着拍打韦伯的背部。

"小子,你这种自卑感正是霸道的征兆喔?你虽然嘴上唠叨个没完,结果还是很明白自己有多弱小。就算了解自己很无力,仍然拼了命想要完成超出自己能力之外的崇高目标。虽然你的想法有很多问题,不过'霸道'的嫩芽已经在你的心中扎下了根。"

"你这样是在把别人当傻瓜看,根本不是在夸奖人。"

"就是这样。小子,你就是个不折不扣的笨蛋。"

Rider 一点都不认为自己说错话,笑着断言道:"如果朕是和一个只怀着自己能力所及之梦想的聪明召主交换契约的话,朕一定会觉得很无趣吧。但是你的欲望朝向自身之外,这叫做'外显美德'(the philotimo),在朕生活的世界里,这就是人生为人处事的基本原则。所以小子,朕真的觉得很高兴能和你这个傻瓜缔结契约。"

"……"

韦伯无法正视 Rider 爽朗的笑容,把头撇开。

为什么这个彪形大汉总是在这种没什么好高兴的事情上把自己捧得这么高？

世界上哪有被人称呼为傻瓜还会觉得高兴的傻瓜。

韦伯心中抱着不知该如何是好的感慨，不晓得自己到底该用什么表情去面对Rider，真想干脆挖个洞钻进去算了——随后他突然感到一阵异样的寒气。

"呜!?"

原本应该完全沉寂的魔术回路仿佛痉挛似的开始阵阵刺痛。

原因当然不在韦伯身上。因为周围空气中的魔力产生异常混乱，导致与空气中魔力同步的魔术回路也跟着不规律脉动。

抬头一看，Rider同样也绷着一张脸，锐利的眼神注视着西方。从灵的感应力就连这道异常魔力发生的源头都能清楚感受到吗？

"……是在河川方向吧。"

这声低沉的喃喃自语已经是即将上战场的战士的语调了。韦伯听见这句话，明白今天晚上的战火已经点燃。

圣杯战争还在进行——根本没有时间让他沉浸在内心的纠葛当中。

ACT.10

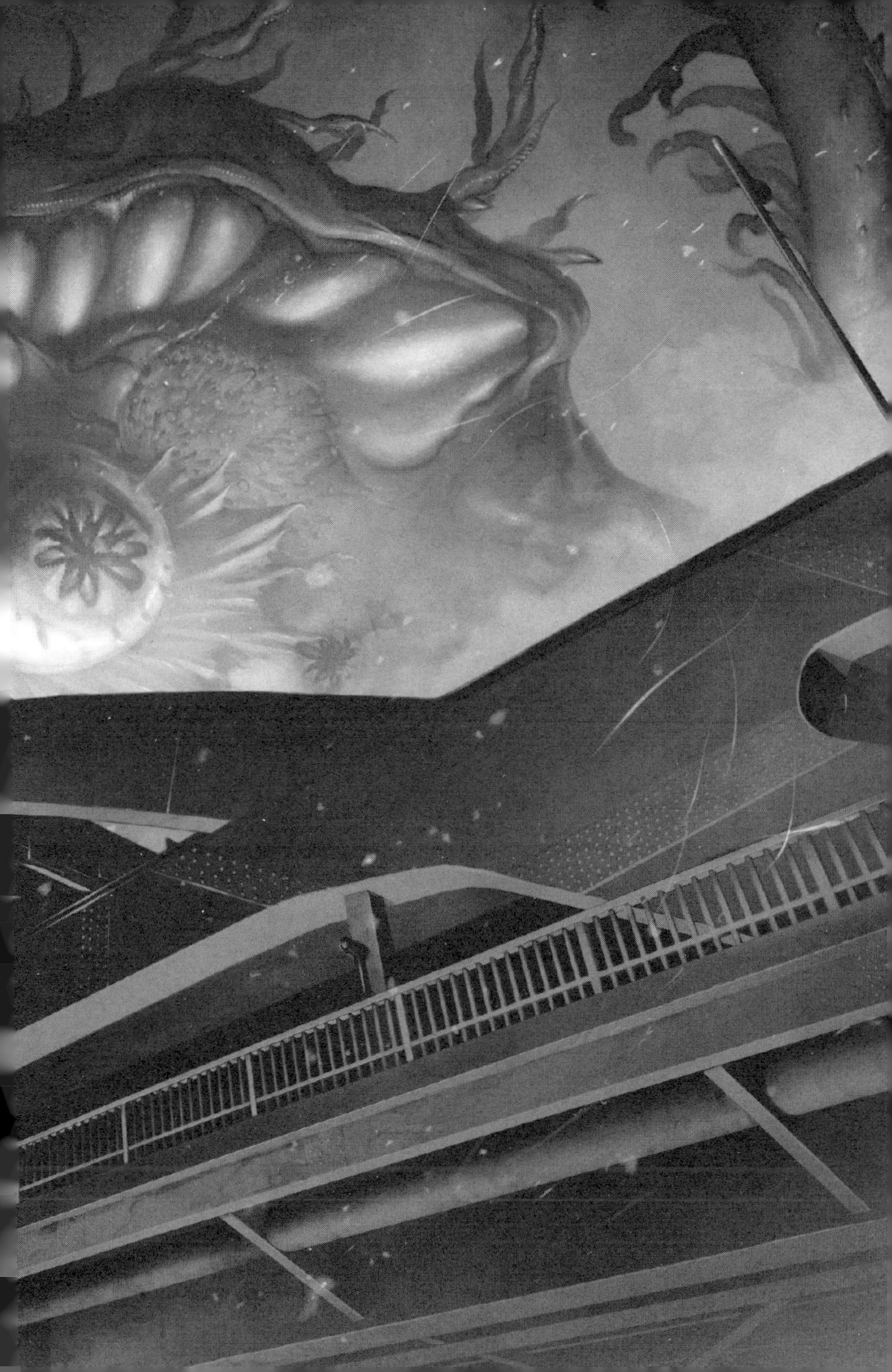

−84：34：58

感觉到异样魔力气息的人并不是只有韦伯。

由未远川附近散出的咒术波动是仪礼咒法等级的多重节咏唱，而且这段咏唱还动用了相当于几十人的魔力。因此想当然，在冬木市里的每一位魔术师——也就是所有参加圣杯战争的魔术师都立刻感觉到了。

Lancer以及刚刚获得召主权限不久的索菈乌·娜泽莱·索菲亚利为了在新都搜索敌人，此时正好在视野最辽阔的制高点，也就是正在新建中的冬木中央大厦上。今晚未远川上涌起的雾气浓得有些异常，使得中央大厦往西方向的视野能见度变得非常低。以人类的视力顶多只能勉强看见打着灯光的冬木大桥的朦胧影子而已。

"你看得见发生什么事了吗，Lancer？"

运用从灵的超级视力看透浓雾的Lancer点头回答索菈乌的问题。

"是Caster。他在河川当中设下阵法，好像在做什么事，不过详细的状况看不太清楚。"

一位魔术师行事不应该这么毫无防备，看来Caster的脑袋还是和之前一样，根本就没有隐匿的观念。难道他不知道在监督者的安排之下，自己已经成为所有从灵狙杀的目标了吗？

"要杀他的话，现在应该就是绝佳的机会吧？"

"正是。不管他现在在做什么，我认为最好在他达成目标之前送他上路。"

还不只如此——索菈乌一边低头看着刻印在自己手背上的那道从未婚夫肯尼斯手中抢来的令咒，一边在心中想着——其他召主肯定也已经察觉 Caster 出现了，想要拿到监督者奖励的追加令咒，必须要早一步抢在其他竞争者之前先把 Caster 解决掉。

等到顺利摘下 Caster 的脑袋时，因肯尼斯的愚蠢而失去一道的令咒就能再次恢复原本的模样——光是想到自己与英灵迪卢木多之间的羁绊可以回复到最完美的状态，索菈乌几乎按捺不住胸口热切的鼓动。

"我去讨伐他，索菈乌小姐就请留在这里，好好看着我建功立业。"

"这怎么行！现在我也是召主，我要在你身边支援。"

Lancer 摇头，毅然拒绝那双渴求的眼神。

"不行。恕我无礼，你和肯尼斯先生不同，不擅武道。那片河岸不久之后将会成为一片死地，就算是我，要一边保护无法自卫的你一边战斗也是非常困难的事。请你体谅。"

"可是……"

话虽如此，但是对现在的索菈乌来说，就算只是与 Lancer 分开一会儿都是一件比寂寞不安更加难熬的苦痛。

"还是说——索菈乌小姐同样也怀疑我迪卢木多的枪下不义，肆意沉溺于战斗当中吗？"

Lancer 眯起眼睛问道。索菈乌赶紧摇头否认，她绝对不能重蹈肯尼斯先前羞辱 Lancer 的覆辙。Lancer 现在还是效忠于肯尼斯，索菈乌必须要让Lancer了解自己才是他真正值得奉献忠心的召主。

"Lancer，现场的一切就由你判断处理，尽情痛快地打一场吧。"

"感激不尽。"

Lancer静静低下头之后，在脚下的钢铁地面上一踏，纵身跳进视线下的灯火群当中。

索菈乌带着哀伤而悲切的心情目送从灵的背影在屋顶上反复腾跃，就这样朝着河川一路飞奔而去。

自从她代替肯尼斯成为召主之后，这位英灵尚未对她展露过笑容……连一次都没有。

Saber驾驶的梅赛德斯只花了几分钟就从切嗣准备的新据点赶到发生异常魔力的源头未远川。

深山町的巷弄很古旧，道路不但狭窄而且交错复杂，一般来说至少要花上半个小时以上的时间。但是从灵的骑乘技能却完全推翻这种常理，成就奇迹。Saber以距离撞车只有分毫之差的技术转动方向盘，银白色的车体滑过窄路的转角。异常的速度不禁让人怀疑物理法则的束缚是否真的存在。

梅赛德斯从小巷冲到河畔的马路上，最后漂亮地使出一个急转弯后停了下来。Saber不等鸥翼式车门完全打开就跳出车外，跑上堤防。虽然这片浓雾让一般人什么都看不到，却不影响从灵的视线。

如料想的一般，敌人就在视线的正前方，悠悠哉哉地伫立在距离Saber两百米远的河川正中央。爱莉斯菲尔随后从副驾驶座下车，跟着登上堤防。她也利用魔力强化的视觉看见浓雾中的人影，不悦地皱起秀眉。

"果然是Caster。"

Saber点头，谨慎观察敌方从灵的一举一动。Caster身边还是没有召主相伴，他挺立于没有沙洲的河川中心，仿佛站在水面上一样。仔细一看，他脚下踩着一群聚集在水面下的恶心异形黑影。前几天曾经在森林中与Saber交战的怪魔群似乎又群聚在一起，在Caster的脚下形成一片浅滩。

从那股极不寻常的魔力放射来看，可以肯定Caster正在施展某种大规模的魔术，这阵源自于河川的怪雾恐怕也是魔力余波所引起的吧。Caster这个始作俑者看起来不但没有开口咏唱咒语，甚至根本不专心，只是一派轻松地站在那儿而已——足以扭曲四周空间的狂猛魔力涡流却从他手中的魔导书滔滔不绝地汹涌而出。

那件宝具不但是一个超级规模的魔力炉，同时还能编写出特有的术式……这样的宝具交到一个疯子的手上便成为了一件再危险不过的凶器。

"欢迎大驾光临，圣女。能再次看到您真是我无上的光荣。"

Caster一如往常殷勤行礼的模样让Saber的眼神燃起怒火。

"执迷不悟……恶徒，今天晚上你又想干什么好事？"

"非常抱歉，贞德……今晚宴会的主客并不是您。"

Caster回答道。令人毛骨悚然的邪恶笑容让他的表情扭曲，显露出前所未见的狂态。

"但是如果您也能出席，对我来说将是至高无上的喜悦。请您尽情享受在下吉尔斯·德·莱斯举办的死亡与颓废之盛宴。"

Caster放声大笑，脚边的黑暗水面忽然开始翻涌。聚集在召唤师脚下的无数怪魔缓缓一齐伸出触手——让人意外的是，触手竟然将站在自己头顶上的Caster长袍身形逐渐吞没进去。

乍看之下，眼前的景象好像是使魔反叛主人，使得Caster遭遇攻击。但是Caster全身被触手团团包住，激昂的狂笑声却更加高亢，志得意满地发出几乎是噪音的尖锐怪笑声。

"现在让我们再次举起救世的旗帜！被舍弃的人们聚集过来吧，受贬抑的人们聚集过来吧。由我来率领你们！由我来统治你们！我们这群受到欺凌的人心中的怨恨一定会上达天听！喔喔，天上的主啊！我将以问罪的方式赞美您！"

泡沫翻涌的水面膨胀起来，把逐渐被触手吞噬的Caster向上推。他脚下的怪魔群不知何时变得愈来愈多。考虑到这条河的深度，光是想象它们的数量就让人觉得可怕。

"Caster……被吸收了？"

在惊骇的Saber面前，以召唤师的身躯为中心群聚在一起的怪魔数量还在不断增加。《螺湮城教本》的召唤当真是无穷无尽。数以千万计的触手互相缠绕融合，逐渐形成一大团肉块。

那简直是沾满了污秽黏液的一座血肉之岛。但是怪魔的集合体似乎仍不满足，还在不断膨胀变大。

唯有已经看不见人影的Caster的声音如同高唱胜利凯歌一般，响彻四周。

"我们要把那个傲慢的'神'，那个冷酷的'神'从宝座上拖下来！此刻我们将尽情践踏神宠爱的羔羊们；凌辱、撕裂那些长相神似上帝的人类！让我们这些叛徒的哄笑声伴随着神之子的叹息与悲鸣敲响天界的大门吧！"

秽肉聚集物的体积已经膨胀成球体。不，说不定这才是异界魔性的真正本体。Caster 至今所操弄的众多使魔都不过是这物体的碎片杂块而已。

"那是……"

异形暗影以黑夜为背景，耸然矗立。它那恐怖又带有强大震撼力的外型让 Saber 为之屏息。

恐怕就连称霸深海的蓝鲸或是大王乌贼都没有这么巨大的身躯吧。这只水栖巨兽正是支配异界海域的恶梦，名副其实的"海魔"。

幸好现在爱莉斯菲尔与 Saber 所在的堤防上没有人，但是对面河岸的居民们已经家家户户都打开了灯。虽然是夜晚，混乱的叫喊声却夹带在风中传了过来。目睹如此惊人的怪异景象，也难怪众人惊讶。好在这片浓浓的夜雾遮住了视线，只有一小部分的区域能看见怪物，居民的混乱状况并未扩大。

话虽如此，圣杯战争必须在台面下暗暗进行的默契已经被打破了。

"我太低估他了……没想到他竟然把这种可怕的怪兽都召唤出来！"

"不对。就算是从灵，召唤可以驱策的使魔在'层级'上应该也是有限度的——但是如果不考虑如何'驱策'的话，就不用受这项条件的限制。"

一向坚毅又勇敢的爱莉斯菲尔说话的声音中也流露出难以掩饰的恐惧。

"如果不管召唤后要如何驾驭，单单只是把它'叫过来'的话……再强大的魔兽理论上都是可以召唤的。只要他有足够的魔力与术式把'门'撑开就可以了。"

"你的意思是说那头怪兽不受 Caster 的控制吗？"

"应该没错。"

爱莉斯菲尔所受到的震撼是来自于只有魔术师才能理解的恐惧感，但 Saber 同样也能了解事态的严重性。

"所谓的魔术，意思就是'操魔之术'。但是'那东西'不是运用这种小聪明的理论就能解释的。它是把永无止境贪噬的概念直接转化成实体所形成的东西，是不折不扣的'魔性'。把那种东西叫来的行为已经不能算是魔术了！"

愤怒让 Saber 紧紧握住拳头，她思索着那名魔术师的疯狂。

"这么说来，那头怪兽不是为了和谁作战……"

"对，它只是被招待来用餐而已。像这样一个城市，不到几个小时就会被它全部吃光。"

在 Caster 心里，就连何谓战斗、何谓胜利的认知都已经丧失了。那个狂乱的从灵打算破坏这名为圣杯战争的仪式，连带把这座城市的所有生命都归于虚无。

Saber 听见熟悉的轰雷鸣动，转头一看。一辆闪闪发亮的神威战车此时正好降落在两人所在的公园广场上。手中握着缰绳的巨汉从灵对先来的客人投以狂傲不羁的笑容。

"喔，骑士王。今晚真是一个美好的夜晚——本来想这么说的，不过现在似乎不是礼尚往来打招呼的时候。"

"征服王……你还是恶性不改，又跑来胡言乱语吗？"

看见 Saber 摆出警戒的架势，Rider 从容不迫地举起手。

"别气别气，今晚就暂时休战吧。把那个大家伙放在那里不管的话，连想要好好打一场都不行。朕刚才已经到处劝说其他人，Lancer已经承诺帮忙，应该一会儿就会过来了。"

"……其他从灵呢？"

"Assassin已经被朕宰掉啦，Berserker根本连提都不用提。至于Archer嘛——叫了也是白叫吧，像他那种个性的人不会和其他人合作的。"

Saber颔首，带着严肃的表情把笼手放在胸甲上。

"我明白了，我也愿意一起并肩作战。征服王，虽然只是一时的盟友，让我们互许忠义吧。"

"说到战争你倒是挺明理的……怎么，各位召主们有什么不满吗？"

"……"

爱莉斯菲尔当然不是有所不满，只是看到Saber与Rider三言两语就把过去的不愉快撇到一边，这种简单明快的处理方式让她觉得有些不是滋味儿。至于韦伯则还留在Rider的战车驾驶台上，毫不掩饰自己露骨的警戒心，只露出一个脑袋瓜子，完全没有要下来的意思。

对于生活在战场上的人来说，夺取敌人性命与缔结同盟这两件事都是不容许掺杂个人私情的冷静判断。唯有这一点精神性是只有同样生在乱世的人才能了解的。

话说回来，现在最重要的是无论如何必须阻止Caster的暴行。如果Rider的誓言能够相信的话，此时此刻众人通力合作的确是最聪明的判断。

"艾因兹柏恩承诺休战。Rider之主，你同意吗？"

听见爱莉斯菲尔的呼唤，韦伯一脸心不甘情不愿地点点头。

"……艾因兹柏恩，你们有什么策略吗？刚才听Lancer说，这不是你们第一次与 Caster 本人作战吧？"

对 Saber 来说，这场战斗也算是之前在己方阵营的森林攻防战的雪耻之役。上次在 Lancer 的帮助之下好不容易才击退的 Caster 现在得到更加庞大的战力反扑而来。但是这次我方不只有 Lancer，还有新的同盟者 Rider，战况绝对不算悲观。

"只能速战速决了。那头怪物目前还在依靠 Caster 供给的魔力留在现界，等到它开始猎取粮食自给自足的时候就无人能敌了。必须在那之前阻止 Caster 才行。"

Saber 点头会意。

"就是他的那本魔导书吧。"

自律型召唤魔力炉《螺湮城教本》——那件不凡的宝具现在连同 Caster 的身体一起成为了海魔的心脏。

"原来如此啊，也就是说必须在它上岸开始用餐之前分出个胜负。可是——"

Rider 厌恶地皱起眉头，眺望着那具不断扭曲蠕动的暗绿色巨大身躯。

"Caster 藏在那团厚肉的深处。怎么办？"

"把他拖出来。除此之外也别无他法了。"

一抹新的声音从 Rider 身后的暗处回答他的牢骚。手持双枪的俊俏身影走进街灯的灯光之下。在飞天战车出现后没多久，Lancer 也登上战场，对抗 Caster 同盟的三大从灵终于到齐了。

"只要能够让他的宝具露出来，我的'破魔红蔷薇'就可以破坏术式……不过我不认为那家伙会这么容易让我得手第二次。"

"Lancer，你的长枪投射可以从岸边射中 Caster 的宝具吗？"

Saber 的疑问让 Lancer 露出冷傲的微笑。

"只要看得见目标,这是小意思。你可别小看长枪之英灵啊。"

"好。那就由我和Rider打前锋。可以吗,征服王?"

"无所谓……朕的战车不需要道路还不要紧,可是Saber,敌人在河中心,你想要怎么攻击?"

听到Rider的疑问,轮到Saber展露笑容了。

"此身受到湖中仙女的加持,无论再深的水都不能阻止我的步伐。"

"这种能力还真是稀有……朕愈来愈想招揽你了。"

要是平时,Rider这种任意妄言一定会让Saber气得柳眉倒竖,但此时她只是瞪了Rider一眼。

"总有一天我会要你对你的胆大妄言付出代价。现在最重要的事情是先把Caster从那头怪兽的内脏里拉出来。"

"没错!那么就由朕先出招啦!"

Rider发出一阵大笑,用缰绳击打拖行战车的公牛,发出震天雷鸣朝向虚空奔腾而去。征服王驾驶的宝具直直地朝着海魔冲过去,完全不理会似乎还没做好心理准备的韦伯一路发出凄厉的尖叫声。

"Saber,愿你凯旋归来!"

骑士王点头回应爱莉斯菲尔,接着也从岸上跃入河中。

闪亮的足甲踩踏水面,溅起点点银星——但是脚尖没有沉入水中。Saber脚踩的水面如同大地一般坚实,承受她在上面疾奔。这是唯有受到湖之精灵祝福的王者才有可能办到的奇迹。

随着Saber渐渐接近,海魔的模样也愈来愈庞大。那副丑恶的外貌震撼Saber,好像就要从她的头顶上扑下来。

弯曲扭动的触手仿佛千万条长蛇,在四面八方伸展开来。触手的前端仰起，准备迎战步步进逼的骑士王。

但是眼前的怪异与恐怖无法让Saber的脚步有一丝停滞。现在Saber的心境完全没有一点恐惧或是不安。

"我们做个了断吧，Caster！"

心中重新燃起斗志的Saber高举神剑，"风王结界"的第一剑毫不留情地在海魔身上斩落。

× ×

远方，连飞鸟都飞不到的超高空雷云中正在进行一段经过数据暗号化的无线电对话。

"控制塔台呼叫DIABLO I，请回答。"

"这里是DIABLO I，通讯状况良好。有什么事？"

"冬木市警方要求提供灾害支援。立即中止巡逻警戒任务，尽速前往。"

灾害支援？耳机中传来的名词让不禁仰木一等空尉怀疑起自己的耳朵。

如果是要求直升机或是P3C反潜巡逻机支援的话倒还能理解，是什么样的"灾害"必须要召回正在领海巡逻的F15战斗机。

"控制塔台，请说明指令内容。到底是发生什么事了？"

无线电的另一头陷入一阵尴尬的沉默中。

"……呃，你听好了，千万不准笑。对方说……有怪兽出现了。"

坐在亚音速航行的驾驶座上听起来，这简直是世界上最棒的笑话了，要仰木一尉不要笑根本是不可能的。

"这真是太了不得了，也不枉我加入空中自卫队。"

"这是正式要求。DIABLO I，立刻前往未远川河口观察状况并且回报。"

"……喂，你在开玩笑吧。"

"DIABLO I，复述命令！"

管制员不耐的语气道出他的立场同样也是被迫不得不处理这种让人莫名其妙的恶作剧。仰木一尉叹了一口气，以平板的语调重复制式的指令复述。

"DIABLO I收到。本机立刻前往侦查未远川河口的状况，通讯完毕。"

就算复述了任务，刚才那段通信内容还是让仰木一尉有些怀疑。一想到这种笑死人的对话将会被记录在语音记录器里，他就觉得浑身不对劲。

"……DIABLO II，你也听见了。改变方向，我们要回去了。"

"收到。可是……有没有搞错啊？"

僚机DIABLO II的驾驶员小林三等空尉的语气中同样难以掩饰他对这种荒唐指令的讶异。

但是不管有没有搞错，已经复述的命令也只能奉命执行。好在目的地冬木市就在回基地的半路上，虽然不晓得谁要负起责任，至少能让因为白跑一趟而消耗的高价油料损失降到最低限度。

"如果真的有怪兽的话，上面会不会允许我们交战啊？"

小林三尉已经放弃追究，这番话也让仰木一尉嗤之以鼻。

"如果这是怪兽电影的话，那我们一定就是炮灰了，在'光之巨人'出现之前让怪兽逞逞威风的牺牲品。"

"这句话实在让人笑不出来啊。"

不管驾驶员心里怎么想，F15J的后燃机依旧发出轰然巨响，在空中翻滚的银翼雄姿还是和往常一样英勇无比。

−84∶30∶16

Archer正在遥远的半空中俯瞰水面上几位英灵的战斗。

"真是不堪入目的丑陋景象……"

英雄王置身于一艘由黄金与绿宝石所打造的闪耀"船只",距离地面高度五百米。

身为世上最初的英雄,吉尔伽美什过去曾经拥有全世界所有财宝,在他的藏宝库——"王之财宝"里收藏着日后各种传说神话故事当中传承的宝物之原型。

现在这艘让他在高空中移动的船也是其中一件"神之秘宝"。自巴比伦佚失之后,流传到古印度,正是那此后以维曼那(Vimana)之名记载于《罗摩衍那》(Ramayana)与《摩诃婆罗多》(Mahābhārata)这两大叙事诗之中的飞行器。

"还以为这些人虽然是区区杂种,但好歹是小有名气的强者……没想到每一个人都只顾着收拾那种秽物,真是让人感叹。你不这么认为吗,时臣?"Archer的心情还沉浸在感伤当中,被允许共乘一舟的时臣却因为愤怒与焦急而方寸大乱。

任何魔术都应该秘而不宣——就是因为远坂家严守这条大原则,魔术协会才会委任他们担任第二管理者。Caster的暴行不只危及圣杯战争的存续,还会让时臣个人的名声彻底扫地。

如果被Caster解放的巨兽继续这样肆虐下去的话,肯定会造成前所未有的大惨剧。这已经不只是猎杀Caster有多少报酬或是圣杯战争的今后战况如何的问题了。赌上远坂家的威严，在目击者继续增加之前必须立刻尽快消灭那头怪物才行。

"吾王，那只巨兽是摧残您庭园的害虫,恳请您高抬贵手抹杀！"

"这种事是园艺师的工作。"

Archer冷漠地拒绝了时臣的请求。

"时臣，难道你想愚弄本王，把本王的宝具当成园艺师的锄头吗？"

"岂敢！但就如您所见——其他的人根本无能为力。"

事实上，就算旁人也看得出这场战斗的状况有多么绝望。

海魔傲然面对Saber与Rider两人急如狂风骤雨的攻势，巨大的身躯依然不见损伤。

原因当然不是因为两位从灵的攻击软弱无力。削铁如泥的神剑与带着雷击的铁蹄踩踏一次一次刨削海魔的血肉，溅出如同腐液般的血沫。但千刀万剐的伤痕一瞬间就被新长出来的血肉填补治愈。

从前Caster召唤操纵的怪魔也具备肉体再生的能力，这没什么好惊讶。但是这次的大海魔体积实在庞大，两位从灵有如试图在泥潭里挖深坑一般，破坏程度根本赶不上再生的速度。

就算是骑士王与征服王联手攻击，也只能勉强让海魔往河岸堤防移动的速度减缓而已。

"这是展现真正英雄神威的大好机会。望您明察！"

英雄王非常不悦地眯起眼睛，靠在船缘撑着脸颊的右手一摆，四柄宝剑宝枪出现在他身旁的空中。闪闪发光的初始宝具发出轰雷巨响，朝着在正下方蠕动的污秽肉块山直射下去。

Saber与Rider立即发觉，赶紧闪身才免于遭到波及。但Caster的海魔却没有这种灵活的动作，四柄枪剑完全命中。开山裂地的威力让巨兽足足三分之一的身体灰飞烟灭。

　　这是之前从未有过的沉重打击，Caster刺耳的狂笑声却依然不绝。

　　"怎么可能——"

　　在一脸错愕的时臣眼前，扭动的肉块就像吹气球一样膨胀起来，迅速把损坏的部分覆盖过去。

　　那团巨大肉块的身体构造应该和阿米巴原虫之类的原始生物一样简单，没有骨骼内脏，因此也没有弱点。不管身体哪个部位被何种方式破坏都不会影响行动，利用异常的再生能力瞬间就能让破损的部位恢复原状。

　　"——回去了，时臣。本王不想再看到这团秽物。"

　　Archer鲜红的眼睛流露出厌恶感，语带轻蔑地说道。

　　"可是……英雄王，请等一等！"

　　"时臣，本王看在你的面子上放弃了四柄宝剑宝枪。既然碰触到那种东西弄脏了，本王也不想再拿回来。千万不要轻视了本王的宽容。"

　　"有能力打倒那只怪兽的英雄除了您别无他人！"

　　时臣也豁出去了。事到如今，他已经无法谨守忠臣的节度。

　　"那只怪兽的再生能力这么强，只能一口气把它全部消灭。如果想要办到这一点，英雄王，唯有您的'乖离剑'——"

　　"你这愚蠢之徒！"

　　Archer双眸中蕴含熊熊怒火，终于愤怒地暴喝一声。

　　"你要本王在这时候拔出至宝EA？搞清楚你是什么身分，

时臣！对王者大放阙词，万死难辞其咎！"

"……"

时臣咬紧牙关，低头沉默不语。

这的确是不可能的事情。从吉尔伽美什心高气傲的个性看来，除了对付自己承认其"品格"的对手之外，他绝对不可能拔出这把作为最终王牌的秘藏神剑。

但是想要彻底消灭Caster的海魔，只能使用这一招同样也是不争的事实。

他的意识忍不住想到右手的令咒。就算在这里消耗一道令咒，只要能从圣堂教会那边取得一道令咒做为打倒Caster的报酬，就能损益平衡。但是这个选择必定会导致他与英雄王之间的关系决裂。

难道真的只能将一缕希望寄托在其他几位英灵身上吗？……这样的话，真的打倒Caster后璃正神父所提出的追加令咒也会落到时臣以外的召主手上。

无以宣泄的怒意让时臣紧紧握住拳头，指甲深陷入手掌肉中。

事情为什么这么不如己意？自己做好缜密的准备，设下万全的计策来参加这场圣杯战争，为什么总是发生这种料想不到的意外？

突然一声巨响划破天际，时臣抬头凝望天上。

那道没有闪电光芒的雷鸣声其实是突破音障时发出的音爆声。果然有一对灯光以夜空为背景自南向北划过，那是战斗机的识别灯。

"可恶……"

时臣身为冬木的第二管理者，束手无策，只能眼睁睁看着事态一分一秒持续恶化下去。

发生在视线下方的怪异景象让两位鹰式战斗机的驾驶员瞠目结舌，哑口无言。

"……那是什么玩意儿？"

仰木一等空尉绞尽脑汁，思考各种错觉的可能性。在那些可能性当中，就连怀疑自己脑袋不正常都还算是不错的选项。

"在六点钟方向也有不明光源在空中漂浮。不是直升机……那是UFO还是什么东西？"

光是无线电传来的声音就可以听出驾驶僚机的小林空尉同样也大感惊骇。这果然不是只有仰木一尉自己一个人看见的幻觉。

"控制塔台呼叫DIABLO I，报告状况。"

"报告状况……可是……"

究竟要他用什么词汇说明眼前的情况才好？

灾害？不明机体？还是侵犯领空？

怪兽——不，这种回答绝对不在考量之内。空中自卫队里没有任何通信暗语代表这个意思。

想要说明的话，首先必须具备足够的了解认知。但在此时的认知范围，仰木一尉的思考能力实在无力处理。

"我降低高度，试着靠过去看一看。"

"小林，等一下！"

仰木一尉浑身感到一股难以形容的寒意，下意识地出声阻止僚机。但是小林三尉的F15此时已经完成小坡度转弯，进入到下降的动作了。

"快回来！DIABLO II！"

"如果从更近的距离以目视确认的话，就能知道那是——"

下一秒钟，两架战斗机便再也不是旁观者了。

目标不是高射炮或是对空飞弹等这类的武器，小林三尉无从推测靠近到多远的距离会进入敌人的攻击范围。他一定无法想象竟然有一瞬间能伸缩超过一百米以上的触手吧。

在操纵杆突然失去控制之后，他仍旧不明白自己的飞机究竟发生了什么异常。飞机仿佛在空中撞到一面无形的墙壁，强大的冲击力以及回旋下坠的剧烈震动使得他只能发出凄厉的惨叫。

虽然死状凄惨，但是和被迫目睹这一切的仰木一尉比起来，这种下场说不定还算比较幸福。

忽然有几只类似极粗绳索的触手从河面上的肉块表面伸出来，缠住小林三尉的机体。触手的力道完全不把涡轮扇引擎的推进力当成一回事，将机体硬拉过去。这种景象只能说是一场噩梦。

机体就算撞上肉团也没有发生爆炸。F15J变成扭曲的铁块，陷入蠕动的巨大原生物质之中，就这样被吞噬得一干二净。

"小林——"

仰木一尉目击了一切。有一种疯狂的念头超越思考与理解力，浮现在他的脑海里。

他——被吃掉了。

"控制塔台呼叫DIABLO I，到底发生什么事了！?快点回报！"

"眼睛，有眼睛。浑身上下密密麻麻都是……"

不晓得为什么，就算双方距离很远又隔着一层浓雾，仰木一尉的眼睛还是看得一清二楚。他看见蠢动的肉块中浮现出有如肉瘤般的眼球，全部一齐睁开凝视着上空的猎物。

即使身处于与外界隔离的气密性驾驶座上，仰木一尉还是感觉得到那些"视线"。

没错，那东西非常饥饿。它吃了小林之后食髓知味，为了捕捉下一只猎物，一直目不转睛地盯着这里……

异样的恐惧感反而成为引爆剂，激发他的狂暴怒气。

"——DIABLO I，开始作战行动！"

"等、等一下仰木！究竟发生——"

仰木一尉二话不说，切断发出吵人喧嚣声的无线电，然后解除所有武器的安全装置。四枚AIM-7麻雀飞弹（AIM-7 Sparrow），四枚AIM-9响尾蛇飞弹（AIM-9 Sidewinder），还有九百四十发M61火神炮（M61 Vulcan）全都准备就绪。

在被吃掉之前干掉它。

仰木空尉已经失去正常思考能力，嘴角歪斜，露出疯狂的笑容。手握世界最强战斗机F15操纵杆的他才应该是真正的死神。

杀害小林的仇人……我要把你打成绞肉、烧成焦炭。

机首一翻，利用抬头显示器（Head Up Display）的瞄准器轻易捕捉敌人的身影，那么大的目标不可能打不中。使用饱和攻击（Saturation attack），把所有武器全部轰下去——

锵地一阵闷响，一阵令人毛骨悚然的振动摇晃机体。

仰木一尉锻炼到极致的战斗本能告诉他——在正后方。他立即回头一看，这一看终于让他原本已经濒临崩溃的理性受到最致命的打击。

在座舱罩（Canopy）的另一头，忽然有一道漆黑的人影直挺挺地站在机体背面，暴露在亚音速的对流空气中。那人的面容覆盖在钢盔之下，两只眼睛目光灼灼，好像在燃烧一般。眼神中蕴含着无尽怨恨与疯狂，死盯着驾驶舱。

仰木一尉的惨叫声就在这个密闭、无线电也已经切断的钢铁棺材中响起,却没有任何人听见。

"那是……"

借由魔力强化过的视力,远坂时臣把在遥远高空中飞行的F15看得一清二楚。

一道漆黑的人影突然出现在机身背面,攀附在深色的钛装甲上……只有从灵才能办到这种不可能的事情。从人影的外貌来看,那一定就是绮礼的报告中曾经提到过的Berserker。

围绕着铠甲的漆黑色彩仿佛像是墨汁滴染一样,逐渐侵蚀战斗机的装甲。

Berserker的怪异能力曾经夺走Archer的宝具,甚至还能让铁屑转化成为魔枪魔剑——难道这种能力对于一切举凡与"武器"概念有关的事物都管用吗?黑色魔力的侵蚀能力再次展现,一转眼就将最新科技结晶的音速银翼改变为异样的形貌。

"▆▆▆▆▆▆▆▆▆▆▆!"[①]

黑骑士终于完全掌握全长将近二十米长的机体。他就像是传说中的龙骑兵一样抓着战斗机背部,被怨念所污染的咆哮声震撼夜晚的高空。

时臣已经从绮礼的忠告听说Berserker以及其召主的第一目标是谁了。

被漆黑魔力完全吞噬的钢铁猛禽再度掉转机头,果然向着

---

①黑色怪线是作者有意为之。

Archer在空中漂浮的光之船维曼那（Vimana）直线疾冲过来。

"又是那头狂犬吗……真有趣。"

Archer的态度与仓库街的第一场战斗时截然不同，露出邪恶的扭曲笑容接受Berserker的挑战。时臣无从得知英雄王的心境产生了什么变化，也已经无心去追究了。

无论如何，时臣从以前就已经决定要亲手打倒那个敌人。于私来说，对方也和他小有因缘，他不会逃避这件工作。

时臣从船缘放眼向下望去，他推测对方应该在这附近高度最高、最能就近监视时臣两人的场所——果然就在他选定的高楼屋顶上看到他在找的人。

那个男人这次没有躲藏起来，孤身一人站在那里。

僵硬的左半张脸保持痛苦扭曲的模样，看起来就像是亡者的脸庞一样。燃烧着憎恨之火的右眼则有如地狱恶鬼一般。

男人的目光与时臣俯瞰的视线交错，无言宣告双方对决的时刻到来。

"吾王，由我来对付召主……"

"好，你就去陪他玩玩吧。"

光之船如同滑行般在空中移动，将时臣带到下船位置的正上方，距离着地点的高度差大约八十米左右。这种高度对魔术师来说根本不算什么。

"那么祝您好运。"

时臣抓住礼装手杖，外衣衣摆一翻站上船头，就这样豪不畏惧地往空中一跃。

此时，独自留在船上的Archer双眼染上一层残虐的神色，注视着钢铁机影愈来愈接近。

"应该在地上爬的狂犬竟然胆敢来到王者飞翔的天空……这种胡闹真是太愚蠢了，杂种！"

从展开的"王之财宝"中连续迸射出六件宝具，发出刺眼光芒的长矛与刀剑如同流星般拉出闪耀的尾巴，迎战 Berserker。

得到异形之力的两具涡轮扇引擎发出尖锐的运转声，让怪鸟的咆哮更加响亮。凭借着紧急加速而加倍的相对速度，黝黑的 F15 在 Archer 发射的宝具弹幕中找到千钧一发的间隙，穿隙而过。

但是 Archer 的宝具并不会因为一次落空就放弃追杀。六件宝具当中的三件——战斧、镰刀与弯刀猛然一转，变换轨道，继续紧咬在 F15 之后。

就在宝具即将命中的前一刻，黑色的 F15 的副翼（aileron）与襟翼（flap）像是生物一般开始摆动，做出空气力学上根本不可能实现的急剧闪避动作躲开宝具的锋尖。F15 就这么重复剧烈的桶滚动作（barrel roll）闪避第二次、第三次攻击，让所有追击的宝具全都徒劳无功地消失在半空中。光是第一次回旋的强烈 G 力就已经让驾驶舱里的仰木一尉因内脏破裂当场死亡，不过 Berserker 当然不会在意这种琐事。

成功躲开全部攻击的同时，F15 猛地使出殷麦曼回转（Immelmann turn），将机首转向 Archer。火箭引擎的火焰从左右两翼的挂架（pylon）上喷出，两枚麻雀飞弹发射出来，好像要还以颜色般朝 Archer 的维曼那疾射而去。

虽然一般兵器在从灵对战中派不上用场，但如果是 Berserker 的魔力所侵蚀的武器就另当别论了。带着憎恨魔力的二十六磅炸药只要击中一发，就足以把 Archer 炸得尸骨无存。

"耍什么小聪明……"

Archer微微冷笑，伸手碰触维曼那的舵轮，光之船立刻一口气加快速度，展现出Berserker粗暴的回转动作所无法比拟的优美飞翔姿态，从飞弾的弾道上闪开。叙事诗中歌颂这件飞天宝具的飞行速度与思考一样快速，这种动作已经完全脱离了物理法则。

"▅▅▅▅▅▅▅▅▅▅▅▅▅▅▅▅！"

疯狂的黑骑士发出吼声，两枚麻雀飞弹就像是呼应他凶恶的嘶吼，扭动前翼（canard）调转方向，再次朝着一度已经闪开的维曼那展开追击。这两枚飞弹本来只不过是使用雷达波照射来诱导方向的电子兵器，如今已经完全变成如同猎犬般的魔导器，紧紧咬着Berserker的憎恨对象不放。

Archer对这第二次威胁只发出一声嗤笑，再度展开"王之财宝"，取出两面盾牌扔向空中，击落被咒语影响的飞弹。英雄王站在受到暴风席卷而晃动的光之船上，鲜红色的双眸逐渐泛起激动的神采。

"真有趣……已经很久没有玩这么刺激的游戏了。没想到区区一头野兽也让本王如此尽兴！"

随着Archer高声长笑，维曼那疾速上升，Berserker的F15也紧跟其后。双方一口气突破音障，冲到夜晚的云海上方，在绝顶高空展开更激烈的死斗。

在夜晚雾气浓重的寒冷空气中，远坂时臣飞身降落。

这是质量操作与气流控制等双重咒术所造成的自动下降。老练的魔术师都能办得到。但是技术高下要从视觉的优美程度来判断。

维持完全垂直的直线下降轨道，如同羽毛般轻盈的着地，衣物与头发都没有一丝凌乱——时臣炉火纯青的精练技巧堪称模范表演，一般的魔术师一定会忍不住赞叹。

但是雁夜并非魔导中人，在他的心目中对魔术没有丝毫敬意或憧憬。

雁夜的心中没有敬畏，只有憎恨；没有羡慕，只有愤怒。对于现在连外貌都已经丑陋扭曲的他来说，时臣一如往常的优美与华丽是如此叫人怨毒。

"你总是这样——"

他的一言一行、一举一动总是充满无懈可击的高雅气质。这个男人从出现在葵与雁夜面前的第一天开始就是这么"完美无瑕"。他浑然天成的优雅从容使雁夜不得不意识到两人之间的"等级"差异。

但是这一切也只到今天晚上为止了。

这个男人一直以来最细心维持的优雅风范在杀戮战场上一点用处都没有。雁夜现在就要在这里让远坂家最自傲的家训完全粉碎。

已经开始战斗的Berserker毫不客气地从雁夜身上榨取魔力，刻印虫在体内暴动的剧痛好像一把锉刀在手脚上削骨碎肉一样，痛得他眼花撩乱。

但是相较于此刻雁夜心中烧灼的恨火，这种生不如死的折磨只是小意思。

"你完全变了个样了，间桐雁夜。"

时臣忍不住眯起那聪慧的双眼。连这点小动作都透露出从容气度，毫无面临战斗时的紧张。他继续刻意刺激雁夜道："曾经一度放弃魔导，却还对圣杯依依不舍，甚至不惜变成这副模样都要回归……光是看到你一个人现在的丑态，间桐家就难逃堕落之臭名啊。"

雁夜对时臣矫饰的言论还以嘲讽的冷笑。就算在他自己的耳中听起来，自己嘶哑的喉咙中发出的笑声和虫鸣声相去无几。

"远坂时臣，我只有一个问题……为什么要把樱交到脏砚的手中。"

"什么？"

时臣似乎完全没有料到雁夜会问出这个问题，不禁皱起眉头。

"这不是此时此地你应该在意的事情。"

"回答我，时臣！"

面对激愤不已而放声大吼的雁夜，时臣轻叹一声，回答道："这还用得着说吗？我当然是希望自己心爱的女儿在未来能够幸福。"

"你说……什么？"

这个回答实在匪夷所思，雁夜的头脑陷入一阵空白。他一脸愕然的模样让时臣大摇其头，以平淡的语气继续说道："只要是生下两个孩子的魔术师都会为了这种左右为难的窘境而烦恼——只能将秘术传授给一个人，另一个孩子必须打入凡俗。"

凡俗——

这句话在雁夜空白的脑海里不断反复回荡。樱再也不得复见的笑容，她与凛或是葵一起快乐玩耍的模样……时臣的话语混杂进这些小小的幸福回忆当中。

这个男人把她们母女三人过去幸福快乐的模样当成"一介凡俗"，就这么割舍了吗？

"特别是我的妻子。作为生儿育女的母体，她实在太优秀了。

凛和樱在出生的时候竟然都具备世间少有的顶尖素质，因此两位女儿都需要魔导家族的庇护。为了其中一方的未来而抹杀另一方潜藏的可能性——身为一名父亲，怎么可能有人希望这种悲剧发生呢？"

时臣滔滔不绝地说着。但是在雁夜的耳里，他完全无法理解时臣的理论——不，他不想理解。如果他听懂了一分这个魔术师的理念，可能当场就会呕吐。

"想要维系姐妹两人的才能，唯一的希望就是送给别人做养女。所以间桐老先生提出的要求简直就像是上天的恩惠。如果是了解圣杯的家族，到达'根源'的可能性相对也会提高。就算在我手中无法完成，还有凛继承；如果连凛都无力成就的话，还有樱可以继续传承远坂家的宿愿。"

"你这家伙……"

为什么可以面不改色地诉说着这种绝望。

如果要求她们两人都以追求"根源"为志向的话，那就是说——

"……你要她们互相争斗吗？让她们姐妹俩彼此竞争！？"

时臣发出一声轻笑，露出蛮不在乎的表情，点头回应雁夜的责难。

"真的演变到那种局面，我的后代们仍然也是幸福的。胜利的话可以获得无上的光荣；落败，荣耀也会归于祖先的家名，再也没有什么战斗比这种对决更让人高兴了。"

"你这家伙——简直疯了！"

时臣对咬牙切齿的雁夜冷冷瞥了一眼，以讥讽的语气说道："像你这种不了解魔导的尊贵，还一度离弃魔导的背叛者，跟你说了也没用。"

"胡说八道！"

超过忍耐极限的愤怒与憎恨让雁夜体内的刻印虫开始活性化，剧痛与恶寒顿时遍及全身。但是对于现在的雁夜来说，这种痛苦都算是一种祝福。

尽量侵蚀吧，吞噬我的身躯。产生出来的魔力将会全部化为诅咒那名怨敌的力量来源……

虫群像是席卷而来的海啸一样，从周围阴暗处悉悉索索地聚集过来。这些恐怖的蠕虫形态类似蛆虫，大小好比一只肥老鼠，全都是雁夜成为召主之时，脏砚交给他的獠牙——为了踏上这个异形战场所准备的武器。

"我绝对不会原谅你们……你们这些肮脏的魔术师！我要宰了你们……脏砚也是！你也是！把你们全部杀光！"

虫子们感受到雁夜怨恨之意，开始慢慢地扭动身躯，痛苦痉挛。它们背上一一出现直线形的裂缝，露出泛着如钢铁般黑亮色泽的甲壳与翅膀。

就这样，一只又一只从蠕虫脱皮而出的巨大甲虫将翅膀伸展开来，发出吵杂的嗤嗤声响。甲虫环绕着雁夜飞上天空，组成队型，没多久就聚集了一大群。这些"翅刃虫"用尖锐的下颚发出叽叽叽的威吓声，展现出凶猛本性，进入战斗状态。间桐雁夜只是在短时间学成的操虫人，这就是他所拥有最凶残且最致命的攻击手段。

只要被这些肉食昆虫咬上，就算是猛牛的骨头都会被嚼碎。面对这么一大群肉食虫，时臣依然不改他泰然自若的气度。

身为一名魔术师，时臣在年资与能力方面本来就都胜过雁夜不少。就算这招危险的秘术让雁夜与死亡擦身而过，但在时臣的眼里看起来也没什么大不了，更不足以为惧。他甚至还有心情嘲笑命运如此讽刺，让他与往日的情敌一决高下。

"所谓的魔术师就是生来便具有'力量'之人，而且总有一天将会穷究'更崇高的力量'。在他们尚未接受自己的命运之前，责任就已经存在于'血统'当中了。生为魔术师之子就是这么一回事。"

时臣一面对雁夜淡淡说道，一面把自己的礼装手杖高高举起，从杖头上镶嵌的硕大红宝石当中呼唤火焰术法。

在虚空中描绘出的防御阵法仿效远坂家的家徽，点燃夜晚的空气，燃起熊熊大火。这是攻击性防御，任何东西只要一碰到就会被烧毁。面对一个几乎对魔术外行的敌人，使出这一招虽然稍嫌小题大作了点，不过时臣完全不打算手下留情。

这是因为——

"因为你拒绝继任家主，让间桐的魔术落入樱的手中，我本来应该要感谢你……但我还是无法饶恕你这个男人。你的软弱让你背弃自己家族血脉的责任，你的卑劣让你对此丝毫不感到歉疚。间桐雁夜是魔导的耻辱，既然再度见面，我只能下手杀你了。"

"开什么玩笑……你根本不是人……"

"你错了。一肩扛起属于自己的责任正是身为人的第一要务。连这件事都办不到，才是非人的四脚畜生啊，雁夜。"

"虫群啊，吃掉那家伙，把他吃光！"

舞动的灼热火焰迎战发出低鸣声大举袭击而来的甲虫群。

今晚第三场生死决斗的舞台在此时点燃战火。

－84：25：22

"厉害…太厉害了！真是棒透啦！"

雨生龙之介因为兴奋过度，顾不得旁人的眼光大叫出声，浑身打颤。

虽然聚集在河边的好事之徒不是只有龙之介一个人，但是现在已经没有任何人会去在意他的奇怪言行。每个人的目光都紧盯着发生在自己眼前，那不属于现实的怪异现象。

一头大怪兽在河面上大肆作乱，在天空上有ＵＦＯ与自卫队的战斗机迸射出火花。

这是一幕任谁都会嘲笑为陈年老梗，但是从没有人亲眼看过的壮阔场面。

"你们都看见了吧！"龙之介大声喝采。

每一个人都张大了嘴巴，一脸呆样地望着眼前的现实。那些家伙根本无能为力，只能眼睁睁看着自己以往最迷信、最崇拜的那尊名为"常识"的无聊偶像崩毁粉碎。

"你们觉得怎么样啊？你们这些人活到今天全都白活了，一定觉得很懊恼、很丢脸吧。你们完全没料到，在常识的框架外面有一个多么有趣的世界在等着我们，甚至完全没有想过试着体验看看。我吗？我当然早就知道了。我曾经想过，也期待过。期待总有一天一定可以看到非常惊人的事物。所以我才会干一些平常人不会做的事,每天都在寻找惊喜,睁大了眼睛到处奔走。"

"然后——终于被我找到了。那个我一直在寻找的神秘宝箱。啊啊,上帝的确是存在的,眼前这个大异象就是最好的证据。"

"天上最伟大的整人专家为了想要看看可怜羔羊们战栗的表情,到处设下荒谬怪诞的诡异陷阱,正暗自窃笑呢。龙之介一直在找寻的天神终于现身,他之前到处设下的吓人箱都一起喷出了烟火。要和无聊永远说再见啦,也不用再花工夫去杀人了。接下来就算撒手不管也会有一大群人死掉。被压扁,被切烂,粉身碎骨被吞吃,这里死人,那里死人,到处都会死一大群人。金发美女的肠子是什么颜色?黑人的脾脏摸起来是什么感觉?从今以后一定可以看到很多从来没有见过的内脏吧!每天在世界各地都会发生有趣的事情,不会中断也永远不会结束!"

"啊啊,上帝是存在的,上帝是存在的啊!"

龙之介趾高气昂地摆出胜利姿势,一边又唱又跳地歌颂人生的胜利,一边声援变成怪兽胡作非为的盟友。

"上啊,蓝胡子老大!干掉他们!杀光他们!这里就是上帝的玩具箱啊!"

这时候龙之介突然被一只看不见的手用力推了一把。

龙之介站不住脚,一屁股跌坐在地上,惊讶地转头看着四周。周围没有一个人近到可以碰触到他。不但如此,附近的人只要和他四目相交都接连发出尖叫声,向后却步,仿佛眼前发生了一件和河中或是天上一样怪异的事情。

"喂,怎么了?"

好像有什么更加奇怪的事情发生,龙之介按捺不住期待的心情向四周的人开口探问之后,摸着腹部的掌心突然感到一阵灼热的湿润……然后他目不转睛地看着自己染成一片鲜红的手掌。

"哇……"

红色。一点杂质都没有的鲜艳红色。

那是他一直在探索的原始色彩,艳丽得闪闪发亮。

就是这个——龙之介顿时领悟,青紫的嘴唇泛起微笑。

这就是他到处寻找,挖过许多地方却遍寻不着的真正"红色"。

他怜爱地轻轻抱住自己鲜血淋漓的肚腹。

"原来如此……难怪我一直都没发觉……"

常言道远在天边,近在眼前。没想到长久以来一直追寻的事物就藏在离自己这么近的地方。龙之介的头脑因为脑内不断涌出的分泌物质而醺醺然。第二发子弹一枪打穿了他的额头正中央。

就算鼻子以上的头颅全部被打碎,他的嘴角仍然带着无比幸福的微笑。

干掉了——单膝跪在船上甲板的卫宫切嗣感觉自己确实成功击杀目标,放下Walther夜视狙击枪的枪口。

这里是距离Caster的海魔约两百米远的下游,靠近冬木大桥不远的河中心。当Caster出现的时候,切嗣正好在港湾区埋伏监视。他马上在附近不远的码头选了一艘没有人的大型快艇,不问自取直接开到河上来。

切嗣当然不是要攻击已经化为巨兽的Caster。在这混乱的局面中,他的目的仍然是"猎杀召主"。

在这团浓雾中,因为空气中饱含着微粒子,所以亮度增幅型的狙击镜派不上用场,但是对于分辨魔术师时最重要的红外线望远镜却没有任何影响。切嗣从慢慢聚集在河岸边的好事者当中,逐一寻找有没有魔术回路特有的散热模式，结果在刚才先射杀了一个人。

在这种情况下，如果还有哪个人开着魔术回路在河边徘徊的话，十之八九肯定与圣杯战争有关。刚才那个人有六成几率就是Caster的召主，总之先杀掉再说。

同时另外还有两名魔术师在附近不远的高层公寓顶楼上交战。因为仰角的关系，那两人从他的位置来看正好位于死角，也因此免于遭到他的射杀。

"……情况不妙啊。"

切嗣转身确认状况。虽然顺利取得战果，但是他的表情非常难看。Saber与Rider两人奋力阻止海魔行进，但是战况怎么看都很不乐观。

就算假设刚才射杀的目标真的是"大奖"，从魔力供给断绝到从灵无法维持现世实体而消失还需要一段时间。如果Caster在消失之前先到达岸边开始"捕食"的话，一切就完了。重新得到魔力源的海魔就只能用物理性的方式加以排除。

然而，一次又一次重复无限再生的不死怪兽现在就快要登上河岸的浅滩处了。

Saber虽然深深感到绝望，但仍然不惧不屈，继续挥舞手中的长剑。

就算砍得再深，伤口也会在下一秒钟完全愈合，一点效果都没有，她所有的努力都是白费力气——不，就算只有一点点，能让海魔的脚步放慢也算是有意义了。但是一想到不久之后将会发生的结局，现在的一切作为几乎等于无谓的挣扎。

要是可以使用左手的话……

明知再懊悔也没用，但是她的脑海中仍然忍不住浮现出这样的想法。就算有 Rider 与 Archer 的强悍宝具，还是不足以打倒这头怪兽。即使想要仰赖人多势众强行击倒它，但所有的伤害都能再生，再怎么打都毫无意义。要打倒这只妖怪，就要一口气把它全身消灭殆尽，连一片肉屑都不剩——他们需要的不是抗军宝具，而是攻城宝具。

"应许胜利之剑"应当足以消灭海魔，但是现在的 Saber 无法施展。这招必杀绝技解放出的庞大能量几乎等于她所有的魔力，想要使用这招的话一定要用双手用力挥剑才行。

Saber 当然不可能在这时候找 Lancer 抱怨，她连想都不曾这么想过。她左手的不便是与 Lancer 发誓公平决斗而受的伤。Lancer 在艾因兹柏恩森林自愿担任她的"左手"，以骑士王的名誉立誓，她必须回报 Lancer 这番心意。

"Saber！再这样下去根本没完没了，暂时撤退！"

Saber 听见从头顶上的战车传来的 Rider 呼叫声，大声咆哮道："说什么傻话！如果不在这里挡住它的话——"

"话虽如此，我们根本无计可施！别管了，快退！朕有个主意！"

Saber 无可奈何，临退之前使出浑身的力气斩下一剑，然后跟在 Rider 之后跑过水面，退回到 Lancer 与爱莉斯菲尔等待的河岸上。就在 Saber 在水面一蹬，跃上堤防的同时，Rider 的战车同样也发出雷鸣声从天而降。

"听好了，诸位。不管接下来要想什么法子，第一件事要先争取时间。"

Rider省略不必要的前言，立即切入正题。堂堂的征服王，此时也已不见平时的悠哉态度。

"先把那家伙拖进朕的'王之军势'里面。但是就算朕精锐尽出，恐怕也无法完全消灭那玩意儿，最多只能把它困在固有结界当中而已。"

"那之后呢，该怎么办？"

听见Lancer的疑问，Rider说道："不知道。"

这个回答干脆得让人惊讶。但是从Rider严肃的表情来看，他没有开玩笑。

争取一时半刻的时间——就算采用征服王的计策，目前也只能做到这个地步而已。

"如果把那头大怪兽吞进去，朕的军势结界也只能撑个几分钟。在这段时间内想个办法吧——诸位英灵，朕希望你们能找到掌握胜机的方法。小子，你也留在这里。"

话还没说完，Rider就把韦伯从驾驶座上拎了出来。

"喂喂!?"

"一旦展开结界，朕就无法得知外界的状况。小子，如果发生什么事的话就专心思考，呼唤朕。朕会派遣传令兵。"

"……"

以韦伯的认知来说，就算双方已经结成同盟，但要他在其余两名从灵面前与自己的从灵分开行动，简直是危险至极的莽撞行为。不过现在的状况确实不容许他多操心盟友会不会背叛。少年内心虽然惶惶不安，但还是绷着一张脸点点头。

"Saber、Lancer，接下来就拜托你们了。"

"……嗯。"

"……明白了。"

扛下责任的两个人语气听起来都很沉重。在场的每一个人都知道Rider的判断只是应急对策而已，完全无法解决问题。

或许是因为对自己看上的英灵寄予百分之百的信赖吧，打定主意的Rider脸上不再露出愁容，驾着战车头也不回地朝海魔冲去。

−84：23：46

虽然 Archer 曾经一度沉浸在这个还算新颖有趣的游戏里，但就在宝具与飞弹重复来回招呼了三四遍之后，他便开始对这场超高度的空中战斗感到厌倦。

经过数次的空中缠斗，现在 Archer 的维曼那正从后方紧追 Berserker 的 F15。接下来只要再缩短一点距离就能抢到绝佳的攻击位置。知道这一点的 Berserker 为了想要甩开追兵，把机体的油门阀催到极限。为了利用落下的加速度，甚至连垂直俯冲的动作都做出来了。

"还在做无谓的挣扎……"

Archer 一边冷笑，一边操纵维曼那，轻而易举就追到 Berserker 的背后。两人转瞬间突破重重云海，仿佛受到灯火闪烁的冬木大地吸引似的，不断向下俯冲。

"你就干脆一头冲进那团秽物里如何，杂种？"

Archer 将已经是发射状态的宝具以圆环状展开，从四方牵制 Berserker，封住他的退路。这样一来，Berserker 能走的路径就只剩下正下方的未远川——将会与朝着堤防蠕行的 Caster 海魔直接撞上。

冲撞已经无可避免。为了尽可能减缓冲击力道，F15 把所有襟翼全部竖起来，抓住空气，试图尽量减速。

就在此时，摇晃蠕动的巨大肉块忽然消失得无影无踪。

Archer 与 Berserker 当然无从得知，事实上这是 Rider 冲到海魔身边，在最近距离发动"王之军势"，把海魔的巨大身躯包入他与麾下英灵一同张开的固有结界当中。Archer 不想再让自己自豪的宝具沾染到一滴污秽，看准 Berserker 撞上海魔的时机，已经解除了宝具的实体。Berserker 当然不会放过这一瞬间破绽，硬是拉起魔化的 F15 机体，扭转即将冲入河面的机首，画出一道几乎等于直角的轨道才免于坠机的惨剧。

冲击波使得机体的两侧掀起一道道水柱帘幕。黑色的 F15 紧贴着水面滑行，与在河岸上观战的从灵们擦身而过。此时骑士王身着白银苍蓝铠甲的闪耀身影清清楚楚地映入战机上黑骑士的眼中。

"……"

黑色头盔的深处，那双含着混沌怨念的双眸在此时绽放出如同红莲烈火般强烈的精光。

按照远坂时臣的标准来看，这只是一场粗俗的滑稽闹剧，完全称不上是魔术战斗。

时臣只不过是淡淡地持续张设防御阵法，根本还没做出任何算得上是攻击的行为。而相反的，间桐雁夜却已经落得一副半死不活的模样了。

这根本是自寻死路。对现在的雁夜来说，行使魔术是要命的自残行为。雁夜本人当然也明白，但是他竟然如此愚蠢，毫不犹豫地不断使用超出自身限度的术法，结果当然是自己付出了沉重的代价。

看起来真是惨不忍睹。全身的毛细孔到处破裂，不断溅血，已经连站都站不直，那摇摇晃晃的丑态仿佛是在血雾当中溺水一样。那张因为痛苦而翻着白眼的脸庞甚至看不出他到底是不是还清醒着。

刚才还那么盛气凌人……结果真打起来却是这副德性吗？

更让人感到可悲的是，即便雁夜拼死命施展魔力，他的攻击还是伤不了时臣的一根寒毛。

飞蛾扑火——眼前的光景完全实现了这句古老的谚语。不断袭击而来的甲虫群只是一股脑儿地冲进时臣的火焰阵，没有任何一只甲虫突破防线，就这样一只接着一只在火焰中燃烧殆尽。说起来，操虫人正面对上火焰本来就是愚蠢至极的行为。但是雁夜的攻势还是不见稍缓，一边自残，一边徒劳无功地驱使虫子，让它们化为灰烬。

已经连冷笑都不值得了。时臣不只瞧不起这个手无缚鸡之力的软弱敌人，甚至为他感到可怜。再过不久火焰就会把雁夜的虫子全部烧光，到时候雁夜也会耐不住痛苦而死吧。时臣只要注意维持术法，悠哉地看着雁夜丧命就好了，在他坚守防御的时候战斗自然就会结束。

但是对于奉守高贵魔导的时臣来说，看到魔术师偏离正途而堕落，还在眼前丑态毕露，让他的不悦超出忍耐的极限。

"Intensive Einascherung——"（吾敌之火葬必猛烈）

防御阵的火焰呼应这段以两个音节形成的咒文，如同长蛇般左右摇摆，对着雁夜伸展开来。雁夜甚至没有采取防御，这个"速成"魔术师究竟有没有足够的术理与知识应付攻击咒文也很可疑。

"杀……杀了你……时臣……脏……砚……"

就算活生生地被火焰焚身，雁夜还是连一声惨叫都没有发出来，只是持续不断地低声咒骂。或许他那副被虫子从内部吃光的身体已经连灼热的痛楚都感觉不到了。

浑身被火焰包裹的雁夜疯狂扭动身躯，想要摆脱身上的火势。就在挣扎的时候，他撞破护栏，踏出屋顶边缘，就这么直直地坠入暗巷当中。

时臣最后把还在身边飞舞的虫子用火焰一扫而尽后解除魔术，叹了一口气，整整衣襟。

尸体……根本不用确认。就算还有气也撑不了多久，接下来只要等失去契约召主的Berserker自动消灭就行了。

依照时臣当初的预测，他还以为间桐家会放弃这次的圣杯战争，为什么要让雁夜这个曾经脱离家门的淘汰者成为临时登场的魔术师来参战呢？实在不了解他们的想法。一直到最后，时臣始终不知道雁夜参加战争究竟所求为何。

对于这场没有成就感，只让人感到不悦的胜利，时臣不再多加思索，遗忘得干干净净。他转头朝向河川的方向，观看对Caster之战的进展状况。

因为Rider的妙计，海魔的巨大身躯从河面上消失得无影无踪——但就算看不见形体，在场的几位从灵与魔术师还是可以清楚感觉到妖物在象限偏移的结界中大闹的气息。

"……现在该怎么办？"

韦伯耐不住盘踞在现场的沉重气氛，开口问道。

"虽然Rider去争取一点时间，但是如果我们在这段时间里什么主意都想不出来的话，一切又会回到原点。喂，艾因兹柏恩，你们没有什么好点子吗？"

"话虽如此——"

话说到一半，爱莉斯菲尔的怀中突然响起一阵与现场气氛格格不入的轻快电子声响。爱莉斯菲尔自己都吓了一跳，赶紧把发出声音的东西拿出来。

发出声音的是手机，是切嗣为了预防万一事先交给她的，来电对象是谁当然不言自明。但是原则上本来不会有什么事需要用手机通话，再加上现在情况紧急，使得爱莉斯菲尔一时之间竟想不起来她曾经学过的手机使用方法。

"请问……这个东西，应该怎么用才好？"

忙乱之下，她不禁开口问站在身边的韦伯。话说到一半被打断而有些不高兴的韦伯从爱莉斯菲尔手中抢下响个不停的手机，按下通话钮后放在耳边。韦伯虽然是魔术师，但是出身并非显赫，因此对于使用机器有一般水平的常识。

"爱莉？"

从电话的另一端传来低沉的男性声音，韦伯这时才慌张起来，按下通话钮之后应该还给主人的，怎么自己就这样顺势接听了电话。

"不，我不是……"

"你是Rider的召主吗。正好，我也有事要找你。"

"你、你是什么人？"

"我是谁不重要。是你的从灵让Caster消失的吧？"

"……算是吧。"

"我有事要问你。Rider 的固有结界在解除时可以把里面的东西放在自己希望的位置吗？"

虽然这个问题问得没头没脑，但是现在分秒必争，没有时间回问发问者究竟有何意图。韦伯回想起在时钟塔学过的固有结界基本法则，再把他曾经看过的"王之军势"的性质一并列入考量，思索之后谨慎回答道："我想在一定的范围内应该是可以的，顶多一百米左右。因为重新出现在外界的主导权应该掌握在 Rider 手上。"

"那好，待会我会看准时机发射信号弹，你们就在信号弹的正下方把 Caster 放出来。可以吗？"

"……"

问题是要如何与此时正在结界内部的 Rider 联络，不过 Rider 好像说过之后会派人传令，他也早就已经想到结界内外要合作行动吧。

"我想——应该可以，嗯。"

对方究竟是何方神圣？恐怕是艾因兹柏恩阵营的人吧。听他说话的样子，韦伯认为他一定就在附近某个地方监视着。

"还有一件事。你告诉人在现场的 Lancer，就说 Saber 的左手有攻城宝具。"

"什么？"

韦伯愈来愈不知所以然，开口回问。电话却已经挂断，只留下空洞的电子声响而已。

"怎么了？"

Lancer 察觉韦伯用别有深意的眼神看着自己，狐疑地问道。

"这个……他说有话要转告你，说什么 Saber 的左手有攻城宝具之类……"

Lancer与Saber两人的表情同时一变。Lancer一脸错愕，Saber则是露出为难的神色。

"这是真的吗，Saber？"

"……"

虽然Saber不想在这时候谈起这件事，但就算隐瞒也无济于事。她脸上的表情一片木然，无言地点头。

"那件宝具……足以一招把Caster的海怪消灭掉吗？"

"有可能。可是——"

Saber再次点头之后，以坚毅的眼神看着长枪英灵，继续说道："Lancer，我的宝剑有多重，就代表我的荣誉有多深。和你战斗时受的伤绝不是枷锁，而是一种荣誉。就像当初你在森林所说的，虽然失去一双手，如果能获得迪卢木多的帮助，那也有如千军万马之力。"

就算这时候让Lancer背负罪恶感也没有什么好处。Saber与他同为骑士道的信奉者，她希望与Lancer之间能够继续维持光明磊落、毫无芥蒂的关系，迎接即将到来的决战之日。

Lancer一言不发，眯着眼睛眺望河面，仿佛视线已经穿透象限隔阂，看着Rider的军势与海魔在结界的另一侧激战。

"Saber，我无法饶恕那个Caster。"

他静静地低声说道。但是美丽魔颜的眼神却与冷静的语气不同，充满着某种坚定的意志。

"那家伙把众人的绝望奉为真理，以散播恐惧为乐。赌上骑士的名誉，我绝对不能放过像他这种'邪恶'。"

Lancer将右手的红色长枪插在地面上，放开手，然后用双手紧握住另一柄黄色短枪的中间部位。这时 Saber 立刻发觉这名高傲的枪兵究竟想做什么，睁大了眼睛喊道："Lancer，不要这么做！"

"现在必须获得胜利的人是谁？是 Saber 吗？还是 Lancer？不，两者都不是。此时此地最应该获胜的，是我们尊崇的'骑士道'——难道不是吗？英灵阿尔特利亚。"

Lancer 带着轻松写意的笑容说完之后，想都不想就将自己的双枪宝具中的其中一柄折断。

凝聚在"必灭黄蔷薇"中的庞大咒力卷起一阵旋风奔流而出，不久便逐渐消散殆尽。那是诸多体现传说的宝具之一，没想到消灭的时候竟是这么简单空虚。

有谁想得到竟然会有一名从灵亲手破坏自己的王牌宝具。不只是 Saber，连爱莉斯菲尔与韦伯看到 Lancer 的举动之后也好一阵子说不出话来。

"我的胜利宿愿就寄托在骑士王的宝剑之上。交给你了，Saber。"

胸口中涌起的强烈情绪让 Saber 用力紧握住"左手"。骑士王手腕上的伤口摆脱了必灭的诅咒，立即愈合，以强大的握力回应这股热情。银色的手臂甲铿锵作响，因为沸腾的情绪而微微颤抖。

"我答应你，Lancer……此时此刻我向此剑发誓，誓言必定获得胜利！"

"风王结界"张开，黄金之剑在席卷的狂风当中展露神姿。剑身金光闪耀，仿佛在祝贺应许的胜利般，照亮四周的黑暗。

"那就是，亚瑟王传说中的……"

终于得以目睹宝贵的至高神剑，韦伯神情恍惚地低声说道。

感觉就像是度过漫漫长夜之后眺望晨光一般，深深盘踞在心中的不安与焦虑都被这道光辉温柔地拭去。

没错，这道光正是骑士的理想。

这是所有消逝在光辉中的人们心中所描绘的一切梦想之结晶。他们即便身在鲜血淋漓的战场，暴露在死亡与绝望的极限地狱当中，仍然歌颂着人性的高贵。

"能赢……"

爱莉斯菲尔忘我地喃喃自语，声音因为喜悦而有些发颤。

但是恐怖诅咒的咆哮声响遍四周，撼动整片夜空，仿佛在反抗这道希望的意念——不，这道不成声的嘶吼其实正是涡轮扇的狂猛巨响。

Saber抬头一望，在空中发现憎恨的化身。狂乱的英灵乘坐在受到漆黑魔力所侵蚀的钢铁怪鸟身上，此时再度对骑士王露出凶狠的獠牙。

"啊！"

伴随着Berserker那让人血液为之冻结的恐怖嘶吼声，火神机关炮的六连装炮口喷发出凶猛的火焰。

−84：19：03

看着局势发生意想不到的变量，切嗣不禁咋舌。

他已经把快艇开到自己选定的位置，放下锚。就连附有引擎的逃脱用橡皮艇都准备就绪。Saber已经顺利取回她的必杀宝具，接下来只要把Rider叫回来，放出Caster的海魔就可以了——他才刚刚这么想，之前还在与Archer缠斗的Berserker不晓得发了什么疯，竟然突然把矛头转向Saber。

仔细一想，这已经是Saber第二次莫名其妙受到Berserker的挑战了。在仓库街的第一次接触时，黑甲骑士也是在失去目标之后，马上像一头饥饿的野兽般扑向Saber。如果只有一次还能当成偶然，但是发生第二次就不能用这两个字打发了。更何况这次Archer还在，Berserker竟然撇下最初的目标，突然发生变化。

对于自尊心超乎一般强烈的Archer来说，这种无礼的行为当然也是难以饶恕的侮辱。

"你失心疯了吗？可恶的狂犬！"

Archer咒骂一声，加快维曼那的速度，与Berserker背后拉近到足以一举击杀他的距离。双方距离这么接近，就算机动力再怎麼卓越都不可能躲过"王之财宝"的宝具投射——但是这点判断反而弄巧成拙。

F15的机体下方突然连续放出几颗有如鬼火般的灼热火球，

朝后方维曼那的船首迎头扑来。

"什么!?"

战斗机上有一种称为曳光弹发射器（Flare Dispenser）的设备，原本只是为了摆脱敌人的热导引飞弹，用来发射诱导热源的装置。受到Berserker魔力侵蚀而狂暴化之后，曳光弹发射器竟然蜕变为带有追踪性能的兵器。在先前的空战中，Archer误以为敌人没有攻击后方的能力，因此一时之间来不及应付这预料之外的反击。维曼那一头冲入熊熊燃烧的火球中，被赤红的火焰包围而失去控制，就这样划出螺旋线条，向河面坠落。

Berserker虽然终于击落了Archer，但是他对这得之不易的战果似乎丝毫不在意，也不去查看Archer沉入水中之后的行踪。钢铁巨鸟只是一个劲儿地追击Saber，炮火无情地落在Saber头上。

Berserker驾驶的战斗机对Saber来说是完全陌生的兵器，但是她那近乎未来预知的第六感技能却能极正确地掌握F15的危险性。在一开始受到机枪扫射之前，Saber就察觉到那是造成大范围破坏的武器，她立即判断待在堤防上会让爱莉斯菲尔等人遭遇被炮火波及的危险，再次跑过河面，到河中寻求退路。

虽然这是无可奈何的判断，不过这项决定却让她陷入更危险的局面当中。

Saber运用从灵特有的超凡运动能力，在水面上飞奔的速度足以与喷射战斗机匹敌，但是宽广的河面上没有任何掩蔽物，对于从上方扫射的Berserker来说正是绝佳的狩猎场所。

Saber在河面上飞驰，炮火恰恰在千钧一发之际从她身后掠过，如豪雨般落下。河面被炮弹挖开，溅起漫天水花，水势就像飞瀑倒悬般猛烈。

如果只是区区炮弹，口径再大还是不会对从灵造成危险。而且从Saber的卓越身体能力来看，想要闪避炮弹易如反掌。她甚至可以用剑身将炮弹打回去。但是美国通用电气公司（General Electronic）最引以为傲的M61机关炮连续射速每分钟一万两千发，就算是超凡的英灵也无法应付这么大量的炮弹。更何况经由Berserker的魔力侵蚀，这些武器已经带有宝具的属性，只要挨上一发就会造成致命的伤害。

"好不容易才重拾左手的机能！"

Saber感到扼腕。现在她虽然能够使用宝具击杀在上空的Berserker，但是敌人死缠烂打的攻势毫不间断，甚至不让她找机会反击。Berserker好像十分熟悉Saber的能耐，战术既确实又缜密。想要猎杀狮子，最好的方法就是不断穷追猛打直到逼死它，让它没有机会露出獠牙。Berserker的手法就像是一个深谙此道的猎人一般。

突然有一阵异常的地鸣由河岸边向四周扩散开来。只有在场几位魔术师能够了解这阵莫名其妙的震动代表什么意思——震源应该是Rider展开的固有结界内部吧。海魔大肆作乱的激震终于开始影响一般空间，这项征兆也代表Rider的结界即将到达极限。

韦伯心念一动，想到必须尽快把情况通知Rider才行，便集中精神呼唤自己的从灵。他只能依赖口头上的沟通。Rider知道这一点，刚才也说过"会派遣传令兵"。

韦伯身旁的空间忽然摇晃起来，出现一名骑士。

"我是亲卫队（Hetairoi）之一的米瑟利涅斯（Mithrenes），前来代替陛下的耳目！"

英灵以精悍的动作简单行了个礼。韦伯被他的气势吓到，说话有些支吾。但是他随即想到现在没时间让他害怕，重新振作精神，对陌生的英灵下达指令。

"我要他待会儿等我信号，解开结界的时候把Caster扔在指定的地方。可以吗？"

"可以——不过现在分秒必争。在结界里的我方军势恐怕已经无法继续阻止那只海魔的行进了……"

"我明白！这些我都明白！"

韦伯一边抱怨，一边带着祈求的心情向不断闪躲Berserker攻击的Saber看了一眼。

"那个该死的Berserker……难道没有办法处理他吗!？"

"我去对付他吧。"

Lancer语气坚定地回答，握住仅剩的一柄红枪，消失无踪。枪兵暂时化为灵体，渡过虚空，分毫不差地在F15机体上重新现身。他用一只手抓住黑色魔力阵阵脉动的钢铁飞翼，固定身子。

"到此为止了，狂战士！"

话声刚落，Lancer抢起握在右手的"破魔红蔷薇"，枪尖刺穿异变化的机体。

红色长枪的一刺能够遮断任何魔力循环，正是Berserker怪异能力的天敌。但是Berserker已经在仓库街一役亲身领教过一次威力。面对Lancer的宝具，疯狂却又不失细密的神秘从灵并没有重蹈前辙。

就在红枪刺破机体之前，Berserker很干脆地放弃已经走到命运尽头的战斗机，两手猛力扯下机体的重要配件之后，向空中高高跃起。在那之后，喷射战斗机的魔力被"破魔红蔷薇"截断，立刻变回一团废铁。飞机带着机翼上的 Lancer 一同坠落，溅出一大片水花，沉入未远川河底。

Berserker 最后抢下的配件就是收容全套火神炮组件的机体部位。机关炮在千钧一发之际躲过与 Lancer 的长枪接触，现在仍然充满漆黑魔力而发出阵阵鼓动，保有黑骑士的宝具属性。

"████████████！"

Berserker 扛着将近两百公斤重的六连装炮身与桶状弹匣，从空中再度瞄准底下的 Saber。受到魔力催动的回转炮身瞬间完成加速，就在炮弹狂涛即将奔流而出的那一刹那，Saber 这才发现自己已经陷入九死一生的局面当中。

Berserker 从飞机上跳下来，一边下降一边狙击 Saber，射程比之前短了许多。Saber 已经没有时间抢在炮弹的初速之前脱离，无论往四面八方何处闪躲都无法逃出炮弹雨落下的范围。

"不是生就是死！"

Saber 已经做好两败俱伤的心理准备。事到如今，她只能动用宝具了。就在她举起剑的那一瞬间，精钢的闪光从意想不到的方向射来，直接击中位在空中的 Berserker。

钢锤、战斧与弩弓刺穿漆黑的铠甲，大镰刀砍断正在回转的炮身。射中弹匣的火箭还引爆剩余的炮弹，在半空中炸出一朵火焰红莲。被碎片与爆焰完全击中的 Berserker 就这么直接被震飞，在空中划了一道抛物线，像颗石头般掉进河中。

Saber 一惊，回头仰望背后，看到 Archer 在冬木大桥的拱型钢架上傲然而立。周围的宝具光辉环绕周身，仿佛放出神圣后光的他对Saber露出邪恶的笑容。

"去吧，Saber，展现出来！身为英灵，你的光辉究竟有多么崇高，就让本王来评判吧。"

用不着你说——Saber对语气傲慢的Archer无言地瞥了一眼，再度把视线放在河面上，重新握紧黄金之剑。

所有障碍都已经排除了，现在就是决胜的时刻。

切嗣坐在已经朝安全范围行驶的橡皮艇上，见Berserker退场之后便看准的空中某一点，射出信号弹。燃烧的黄燐火焰就落在现在Saber的所在位置与切嗣舍弃的快艇所连成的直线正上方。

"就是那个！在那里的正下方！"

韦伯立即发现信号弹，赶忙呼叫站在身边的Rider传令兵。英灵米瑟利涅斯点头，迅速消失，回到王者与同袍等待的固有结界内侧。

不久之后，河面上的空气开始震动，仿佛早已准备好迎接这一刻似的。受到英灵的心象所侵蚀的空间恢复原本正常的模样，首先是异样的黑影如同海市蜃楼般遮蔽夜空，接着忽然化出实体，让恐怖的巨大身躯落在水面上。位置不偏不倚，就在切嗣发射的信号弹正下方。

巨大质量掉进水中所产生的冲天水花像是海啸一般冲击河岸，唯独与海魔正面对峙的Saber身上没有沾到一滴水。现在她身上放射出的魔力引起一阵旋风，密度高到连水幕都因为气压差异而被完全弹开。

就在海魔再次现身的同时，Rider的战车"神威的车轮"同样也冲进深邃的夜空当中。战车伤痕累累的模样充分展现出固有结界之内的战斗有多激烈，但是战车的飞翔力道依然雄伟强悍。

"真是！到底在干什么搞了这么久……呜哇!?"

Rider就连发个牢骚痛骂一声的时间都没有，他看见Saber的长剑充满高密度的光辉，马上明白接下来将会发生什么事，立刻紧急回头脱离危险区域。另一方面，Caster的海魔却没有这种敏捷的回避能力。面对这道未知光华的威胁，挠曲蠕动的肉块只能还以恐怖的异样吼声作为威吓。

时机已经成熟了。

骑士王将全身的力气凝聚在握住剑柄的双臂上，高高举起黄金之剑。

光明不断聚集。刺眼的光辉一道接着一道聚合在一起，仿佛照耀这柄绝世圣剑，点缀出最闪耀的光华就是它们至高无上的天职。

激烈而清静的光芒让每一个人为之屏息，说不出话。

这道英姿从前曾经照亮比黑夜还要混沌的黑暗乱世。

坚忍不拔的十年岁月，历经十二场战役而不败。骑士王的功勋举世无双，高贵的荣誉永垂不朽。那柄光辉神剑正是跨越过去、现在与未来，所有在战场上殒命的战士们在最后一刻心中怀抱的悲哀崇高的梦想——那名为"荣光"的祈愿结晶。

将那股意志化为荣耀揭示，告诫自己贯彻信义。此时此刻，常胜之王高声唱出手中奇迹的真名。

那就是——

"应许——胜利之剑！！！"

光流奔涌。

啸声震天。

龙的因子被解放出来，让魔力受到加速而化成闪光。激射而出的螺旋光流将海魔连同夜晚的黑暗全部吞没。

在瞬间沸腾蒸发的河水当中，体现恐惧的魔性巨体的每一个分子都暴露在灼热的冲击之下，发出不成声的尖叫。

海魔逐渐被烧灼殆尽。就在海魔的中枢，那厚重的脏肉堡垒当中，Caster不发一语，全神贯注地凝视着那白净耀眼的毁灭一瞬间。

"……哦……"

没错——这正是他从前看过的光芒。

从前他也曾经是一名骑士，为了追求这道光华奔驰于战场上。

回忆是这么地鲜明而强烈，将吉尔斯拉回已经逝去的往日。

查理七世（Charles VII）终于在兰斯（Reims）举办加冕仪式。在仪式当中，从大教堂的彩绘玻璃照进来一道光，那道光与教堂中演奏的新艺术音乐（Ars Nova）将参与典礼的救国英雄吉尔斯、贞德包围在其中，形成雪白而灿烂的欢喜祝福。

没错——就是这道光。

他到现在依然记忆犹新。即使堕落魔道、罪恶盈身，那一天的回忆却毫不褪色，深刻烙印在心上。

纵使他的结局最后充满屈辱与憎恨，再怎么受到世人的蔑视——唯有往日的荣耀仍然存在于他的心中，绝不会受到任何人的否定与颠覆。

就算是上帝或是命运都无法夺走或是玷污的宝物……

脸上潸然落下的两行清泪让吉尔斯·德·莱斯感到怅然若失。

自己过去究竟为了什么事而感到迷惑，又迷失了什么呢？

回首过去，承认一切——只要这么做不就好了吗？

"我究竟是……"

在他说完这句喃喃自语之前,纯白的光芒已经毁灭所有的一切,带往事象的彼端。

× ×

Archer 站在高耸的钢桥上,带着满面的笑容看着烧毁万物的毁灭之光。

"看见了吗?征服王。那就是 Saber 的光辉。"

他对着身边的空中说道。刚经历一场严酷战斗的 Rider 将神牛战车停在半空中,同样也在远眺"应许胜利之剑"的极光。

"看到那么美丽动人的光芒,你还是不愿意承认她吗?"

Rider 冷哼一声,回答 Archer 的问题。但他脸上的表情不是污蔑,而是好像看着某种悲壮事物的阴郁。

"因为肩负当世所有百姓的希望才能发出这样的光辉——是很耀眼,但正因为如此耀眼才让人觉得不忍。因为朕知道背负着那一切的人,不过是一个爱做梦的小妮子罢了。"

俯瞰河面,可以看见 Saber 娇小的身躯因为刚打完一场激烈的死斗而气喘吁吁。经过昨天晚上的问答,Rider 已经明了压在那脆弱肩头上的责任是多么沉重了。就算他生性痛快,也绝对无法容忍那种"生命意义"。

"从来没有人怜惜那个女孩,她也从未体会过爱情的滋味。被'理想'这种诅咒纠缠,最后沦落成那副模样,让人痛心得不忍卒睹。"

"就是这样才惹人怜爱不是吗?"

黄金从灵的微笑与征服王愁眉深锁的表情相反，充满着淫秽。他毫不掩饰笑容中的糜烂欲望。

"她身怀着过度崇高的理想，到最后必定会把她自己烧得面目全非。当梦想化为泡影时，只要舔一口她恸哭的泪水——口感一定相当甘美。"

Rider锋利的眼神朝着陶然沉醉在幻想中的Archer狠狠瞪了一眼。

"……我们两人果然不共戴天啊，巴比伦（Babylonia）的英雄王。"

"哦？到现在你才发觉了吗。"

Rider对黄金英灵的称呼让他再度展颜一笑。

"那你想要怎么样，Rider？现在就用武力表达你的愤怒吗？"

"如果可以的话，想必一定相当痛快吧。但是朕今晚有些消耗过度，没办法和你对打。"

Rider不虚张声势，坦白说道。然后对Archer露出嘲讽的眼神。

"当然，如果你觉得机不可失，主动和朕动手的话，朕倒也不介意陪你比划两招。"

"无所谓。本王允许你逃跑，征服王。如果不在你最完美的状态下打倒你，本王也不会觉得甘心。"

听见Archer语气悠然地说道，Rider狡黠地扬起眉毛。

"嗯嗯？哈哈，你身上是不是也还带着被黑衣小子击落的伤势？"

"……挑衅本王的行为将会受到死亡的对待。"

Archer完全不理会Rider的玩笑话，鲜红双眸逐渐染上一层杀意。Rider见状笑着操纵神牛的缰绳，拉开距离。

"留待下次吧，英雄王。我们俩的对决将会是决定圣杯霸者的最后战斗。"

Rider依然还是深信能取得圣杯的人，唯有具有"王者"品格的英灵，也就是征服王或是英雄王两者择其一吧。英灵伊斯坎达尔留下一抹傲笑，离开桥梁顶端之后直接飞往自己召主等待的河岸去了。

"真是这样吗？本王还没决定只有单独一人有资格承蒙本王赏赐至宝啊，Rider。"

英雄王一人独语，在他的心中还想着另外一名英灵。说到关心的程度，英雄王真正在意的其实只有那个人而已。

今晚亲眼见证那道稀世光华让初始的英灵回想起久远的过去。

——从前，曾经有一名男子。

虽然他是用泥土制作而成的人，却是个努力想要与神之子齐肩并立的愚蠢小丑。

他那不知好歹的傲慢当然了触怒天上的众神，男子因为天谴而殒命。

英雄王至今忘不了男子最后流着泪断气的模样。

那时候英雄王问他："为什么哭，你现在觉得后悔不该那么愚蠢，待在本王身边吗？"

他回答道："不是的。"

"在我走了之后，还有谁能够理解你？还有谁能与你比肩共行？挚友啊……一想到你今后将孤独一人，我就忍不住哭泣……"

唯我独尊的王者看着男子就这么咽下最后一口气，终于理解了——男子身为人，却想要超越凡人的生命意念比王者宝库中所有财富都还要尊贵崇高。

"期望达成超越常人本分之悲愿的蠢物……天上天下唯有本王吉尔伽美什一人能够怜惜你的毁灭。娇弱却又光彩夺目的人儿啊，让本王将你抱在怀中吧。这是本王所下的决定。"

就在金色的英伟身影消失在夜雾之后，那充满邪气的大笑声仍然回荡在空中，久久不绝。

ACT.11

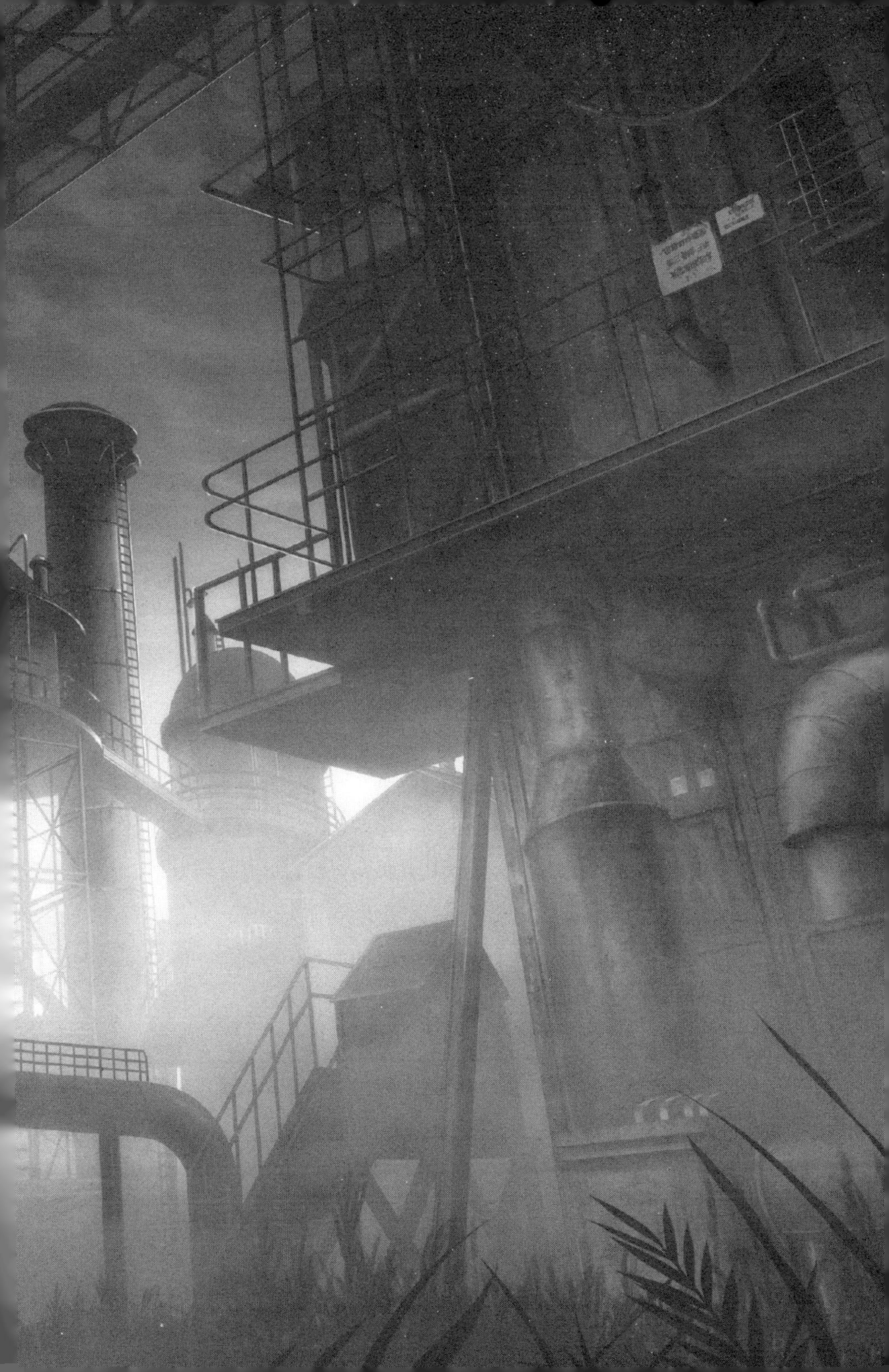

−84：15：32

暗夜迷雾的另一头，索菈乌在距离遥远的新都中央大厦屋顶上看着巨大海魔的身形逐渐被眩目的白光吞没消失。

在雾中视线本来就很不清楚，而且距离又这么远，根本无法用肉眼观看战斗状况。她也没有足够的准备能够立即派出侦查用的使魔，只能带着一颗七上八下的心远远地看着巨大海魔与战斗机在河岸边乱闹的模样。

总之战斗似乎已经告一段落了，右手的令咒还是完好，这也就代表 Lancer 获得胜利，在这场战斗中生存下来。

"太好了……"

虽然索菈乌站在没有遮蔽物的高处，呼啸的狂风吹得她站都站不稳，但总算是放下心中一颗大石。不久之后 Lancer 就会带着捷报回来吧，如果这场战斗是和其他从灵一起合作才打赢的，索菈乌以外的召主同样也会获得额外的令咒作为报酬。但是这种事一点都不重要，只要维系她与从灵之间关系的令咒能够恢复为三道她就很高兴了。

如果没有狂风吹过的呼啸声，或许索菈乌会更早察觉到袭击者偷偷摸到她背后的气息。她太过专注于战场上，以至于忽略了身边的状况。她毕竟是个名门闺秀，别说战斗训练，就连护身术都不懂，又怎么能怪她粗心大意呢。

就连索菈乌的脚忽然被扫开，仰天摔在水泥地上之后，她还是没有时间理解究竟发生了什么事。想要求救而下意识伸出的右手被不知什么人粗暴地一把抓住。但那个人当然无意拉索菈乌起来，取而代之的是更加恐怖的剧痛一击砍在她的手腕上。

"啊——"

索菈乌不可置信地看着鲜血从原本纤细美丽的手腕的断面喷溅出来，就像是锁不紧的水龙头一样。

右手不见了。

仅仅一刀，索菈乌的右手被利落地砍了下来。她从来不忘细心保养，最自豪的美丽手指与指甲以及比生命还重要的令咒都连同她的右手一起消失了，被夺走了。

极度的丧失感抹黑了索菈乌的思考，比痛楚与失血的惊惧更加让她感到绝望。

"啊、啊啊、啊！啊啊啊啊啊！！！"

索菈乌发出错乱的哀叫声，在地上翻滚，寻找自己消失的右手。

不行，没有那个就糟了。没有那个就无法呼唤迪卢木多，迪卢木多也不会理我了。

本来等到时机成熟的时候就可以用所有令咒命令他"爱我"，一辈子绑住他的。所以没有右手不行，无论如何一定要把那些令咒找回来，就算要拿命去换……

但是就算索菈乌再怎么样在冰冷的水泥地上寻找，地上也只有自己洒出来的鲜红色彩——还有眼前一双漠然不动的皮靴鞋尖而已。

倒地不起的索菈乌仰头向上看，因为大量失血而逐渐朦胧的视线看到一名陌生黑发女子的脸庞。那名女子脸上不但没有一丝同情，反而一脸冷漠，面无表情地低头看着索菈乌痛苦挣扎。

"手……我的……手！"

索菈乌像是求助一样，用平安无事的左手紧紧抓住女子的皮靴——她的意识就在这时候断绝了。

久宇舞弥把蓝波刀猛力砍下的女魔术师右手扔掉，没有一丝留恋。其实只要用正确的方式应该可以回收还留在那只手上的令咒，但是既然舞弥不知要领，那这只手就没有任何价值了。

舞弥迅速把右手手腕的断面紧紧绑住，不让伤处继续失血。然后把不省人事的目标扛在肩上，用空下来的另一只手打电话给切嗣。

"怎么了？舞弥。"

"我在新都抓到索菈乌·娜泽莱·索菲亚利了。虽然把令咒连同右手一起截断，但是性命没有大碍。"

"好，立刻离开现场。Lancer应该马上就会回去那里。"

"明白。"

以最简单扼要的字句结束对话后，舞弥快速步下楼梯，往楼下走去。虽然她的身体尚未完全适应爱莉斯菲尔亲手移植的人工生命体用的肋骨，还有一些闷痛，但是不会对活动造成什么影响。舞弥今晚一路跟踪Lancer与他的新召主，终于趁Lancer不在的时候成功捕获索菈乌。

如切嗣先前所预料的一样，Lancer果然换了召主。但是切嗣依然把已失去召主权限的肯尼斯视为必杀的对象。他的主张是只要是曾经被选为召主的人，就算已经失去令咒也要谨慎处理。

切嗣命令舞弥活捉索菈乌而不取她性命，应该是为了从这个女人的口中问出肯尼斯的藏身之处吧。这场讯问对索菈乌而言想必会是一段相当残酷的体验，但是舞弥心中对她完全没有同情或是怜悯。

在人与人对战的情况下，残酷不是什么大不了的事情。不光是切嗣，舞弥同样也很清楚这件简单的事实。

×　　　×

新都夜晚的街道上没有深夜应有的宁静，救护车或是警车不断在街上往来穿梭。这群开着警示灯四处奔波的医护人员与警察也不知道究竟发生了什么事让他们大半夜被派出来执勤。他们不清楚事情的真相，想必今后也无从得知。

要是在平常，穿着僧袍的修长人影一定会被警方当成可疑人物叫来盘问一番，但是今晚接二连三的救助申请或是封锁命令已经忙煞了他们，当然没有余力去理会一名平凡无奇的过路人。有好几辆警车从言峰绮礼身边驶过，却没有一辆注意到他。

默默赶路要回冬木教会的绮礼心中同样也是思绪百转纠结，完全没有留意街道还未脱离骚动后的余韵，仍然是一片混乱。

绮礼长久以来总是忠于命令、服从义务、恪守伦常。他的言行举止通常都是在面临必要情况下所做出的最正确选择，没有任何让人怀疑的空间。

正因为如此——这还是他第一次因为不明白自身行为的意义而感到迷惑。

一开始绮礼是为了协助远坂时臣而赶往老师战斗的现场，但是当他得知时臣的交战对象是间桐雁夜的时候，却没有出手帮助时臣，而是选择藏身在暗处观看整场战斗，等同于放弃了自身的职责。

绮礼早就知道时臣与雁夜的战力相差颇多，事实上两人的战况确实也不需要他帮忙。如果只是在一旁观战的话，倒也算是合情合理。

但是绮礼之后的行为完全违反了他应有的作为。

时臣把雁夜逼到坠楼之后可能认为已经完全获胜了吧，竟然没有亲眼确认尸体。绮礼一边对老师的大胆感到惊讶，一边寻找雁夜的尸首，想要收拾善后……过没多久，当他发现雁夜倒卧在小巷子时，雁夜还没有断气。

如果绮礼是远坂阵营忠实的下属，立即杀死雁夜当然是他责无旁贷的义务。但是这时候在绮礼脑海中浮现出的却是今天早上他与Archer之间的对话内容。

Archer建议他，言峰绮礼如果想要更了解自己的话，不光是卫宫切嗣……不，在注意切嗣之前，他更应该关注间桐雁夜的未来。

那完全是一段让人不快的对话，根本不用理会的胡言乱语。

既然如此，为什么看到时臣与雁夜对决的绮礼会做出袖手旁观这种莫名其妙的举动呢。如果觉得不需要出手帮忙的话，就没有必要留在现场，四处寻找其他召主还更有意义不是吗？

而且当时臣操纵的火焰最后扑到雁夜身上的那一刻……那时候自己心中怀抱的不正是失望的念头吗？

等到绮礼回过神来，他已经开始对雁夜伤痕累累的肉体施行紧急处理的治疗魔术。就这样，他把仍在昏睡状态但情况已经稳定下来的雁夜带离战场，然后神不知鬼不觉地放在间桐家的大门口后离去。这是大约十五分钟之前的事情。

令咒的刻印还留在雁夜的手上。虽然绮礼没有看完未远川的战斗，但不管Berserker受到多重的损伤，似乎也还存活着。

从深山町到新都郊外，绮礼踏着漫无目的的步伐横跨整个冬木市，走过漫长的距离。此时他仍然为了没有答案的自问而烦恼不已——自己究竟为什么会做出这种事情？

这和一个劲儿购买不知滋味的葡萄酒收藏起来的行为不同，并非单纯只是一件毫无意义的事。在此之前他也曾瞒着时臣活动，甚至也有几次提出虚假不实的报告，但是这些事情都没有直接妨害到时臣。他期待和卫宫切嗣见面与时臣争取圣杯这两件事并不会互相矛盾。

但是雁夜把时臣当成宿敌，想要杀死时臣，自己却帮助他活命。这个行为百分之百对时臣有害，根本就是谋反。在没有确实意图的情况下，自己犯下了无比严重的大错。今天晚上绮礼明显已经逾越了身为远坂时臣手下忠臣应尽的本分。

绮礼很清楚事态严重，但不知为何他心中没有后悔的念头，反而有一种难以理解的亢奋感。

Archer——难道自己被那位英雄王英灵给欺骗了吗？

心灵的疲劳更甚于不断移动的双足。

绮礼忽然很难得地想要和父亲璃正谈一谈。父亲虽然对他一直很诚恳，但从不明白绮礼心中的烦恼。仔细一想，绮礼自己不也一样，从未真正敞开心胸面对父亲吗？

虽然可能让父亲失望，但是只要绮礼勇于诚实吐露心声的话——和父亲之间的关系可能会产生决定性的变化，或许这也会给予他完全不同的启发。

绮礼心中怀着淡淡的期待,先把烦恼抛在一边,继续走在夜晚的街道上。

−82：09：51

对于第四次圣杯战争的监督者言峰璃正神父来说，今夜真是一个让他疲惫不堪的夜晚。

虽然他已经是第二次担任圣杯战争的监督者，但是他怎么也没想到竟然有人会惹出这么棘手的骚动。

因为事情闹得太大，不只是圣堂教会，连魔术协会也在暗中行动。对这两大组织而言，现在这个状况没有时间让他们争论势力范围或是责任归属，无论如何得优先处理善后才行。

关于未远川的怪事，暂时先用工业废水的化学反应引起有毒气体的说法瞒过媒体报道。街上巡逻的广播车正在呼吁因为瓦斯的毒性会产生幻觉，因此住在河川沿岸的居民自己发觉有症状的话要立即挂急诊接受治疗。当然所有接受夜间诊疗的医院现在都有身怀暗示洗脑技术的魔术师或代行者混入待命，这样应该就可以消弭大多数的目击证言。但是鞭长莫及，传闻耳语之类的谣言还是无法完全压下来。

就在刚才，他已经准备好必要的手续，经由时钟塔的门路准备向中东的武器商人购买两架F15战斗机。虽然只是中古货的C型，不过这时候也顾不得这么多了。两架紧急画上日之丸的F15今天晚上就会送到筑城基地，接下来就是要趁隙交换差异零件，把飞机改装成J型。

日本这种叫做自卫队的组织在预算方面常常处在一种如坐针毡的状态之下，一连失去两架造价超过一百亿日圆的战斗机，无论如何他们一定想要压下这天大的丑闻吧。今后也只能把我方准备的替代机体当成诱饵进行交涉，设法让他们一并承担湮灭证据的责任。

一通又一通没完没了的电话终于告一段落，等到璃正神父总算可以喘口气的时候已经是深夜了，但是他马上又想起还有人在礼拜堂上等着，叹口气从椅子上起身，继续进行身为监督者的工作。

"抱歉让你等这么久，今天晚上的工作实在有点繁重。"

璃正说话的语气流露出疲惫。从昏暗的信徒座位上传回一声矫饰的笑声。

"这也是没办法的，毕竟事态严重嘛。"

接着传出轮椅的轮子转动的轻微金属声响，由暗处现身的是一道坐着不动的身影。

知道这名男子昔日风采的人中，究竟有几个人认得出来这个削瘦到完全变了个样，甚至无法起身行走的人竟然就是神童艾梅罗伊爵士呢？但是从残留在他双眼中那名为执念的意志力，依然可以看出昔日那位天才魔术师偏激的性格。

虽然肯尼斯肉体所受的伤害几乎已经是药石罔效，但他还是利用艾梅罗伊家的人脉，与居住在日本的优秀人偶师取得联系。他以丰厚的谢礼作为交换，勉强让双手的机能回复，至少能用轮椅获得一些行动的自由。包裹着厚实石膏的右手小指现在也已经可以清楚感觉到疼痛。

"好了，神父先生。关于我的要求，您如何判断呢？"

肯尼斯的语气与脸上殷勤的笑容相反，甚至隐含着恫吓之意，麻药中毒患者在瘾头发作时求药吃的模样说不定就像他这个样子。璃正仔细端详肯尼斯的脸庞，这位前魔术师毫不掩饰脸上充满妄执的表情。

　　这种结果绝不是璃正希望看到的，但是约定就是约定。不提璃正在台面下与时臣缔结的同盟关系，就算是为了圣堂教会的面子，他也只能按理办事。

　　"……Lancer 在讨伐 Caster 的战役当中确实表现出重要的作为，从几位监视者的报告当中也已经确认过了。"

　　"那么我确实有资格可以接受一道令咒吧？"

　　"关于这件事……"

　　璃正神父皱起眉头，带着怀疑的眼光扫了肯尼斯一眼。

　　"Lancer 的召主当然可以依约获得报酬……但是肯尼斯先生，我不确定是否可以把现在的你视为一名召主。"

　　肯尼斯的双眸在一瞬间露出深沉的憎恶之意，马上又恢复绅士应有的含蓄。

　　"与 Lancer 之间的契约是由我和未婚妻索菈乌各自分担，我的确无意坚持只有我个人才是召主，因为我和索菈乌两人共为一名召主。"

　　"但是现在无论魔力供给以及令咒管理不都是索菈乌小姐一个人执行吗？"

　　肯尼斯露齿一笑。想要把这张表情当成是一种和善的笑容实在是有点勉强。

　　"因为战略上的考量，现在我暂时把令咒交给索菈乌保管，但是与 Lancer 之间契约的主导权目前还是在我身上。如果您觉得怀疑的话，可以直接问Lancer。再说向教会申告召主身分的时候，应该也是登记我个人的名义。"

璃正神父叹了一口气。就算这时候坚持抓肯尼斯的小辫子，事情也不会有任何变化。对璃正来说，最让他头痛的是计划竟然意外生变，不得不把令咒分配给时臣以外的召主。就算现在不把追加令咒给肯尼斯，省下来的令咒到头来还是要交到他未婚妻的手上。涉入亚奇波特阵营的内斗对璃正一点好处也没有。

"——好吧，我承认你有资格获得令咒。来，肯尼斯先生，请把手伸出来。"

璃正以熟练的手法在肯尼斯伸出来的手上施行秘迹，将右腕上保存的其中一道令咒移转过去。处理过程当中没有任何疼痛感，几分钟就完成了。

"那么就请您继续以召主的身分，打一场有尊严的战斗——"

"好好，那是当然。"

肯尼斯满面堆笑地点头答应后，把藏在轮椅坐位里的手枪拿出来，瞄准背对着自己的璃正神父。

枪击的响声震破神之住家的宁静。

肯尼斯对老神父颓然倒地的身躯看也不看一眼，陶醉地看着再次印在右手手背上的圣痕图样。

现在只有这一道……与其他保存令咒不用的竞争对手比起来已经非常不利，他绝对不可能眼睁睁坐视Saber与Rider的召主额外再获得新的令咒。

刺杀监督者当然会引起某种程度的争议，不过在这次圣杯战争当中，除了肯尼斯之外还有其他魔术师喜欢使用手枪这种小道具。首当其冲成为嫌疑者的人，将会是艾因兹柏恩手底下养的那只肮脏老鼠。

肯尼斯忍不住涌起的笑意，完全沉浸在重新获得召主资格的满足感当中。对于自己刚才干出一件让艾梅罗伊爵士的尊严彻底蒙羞的行为，他一点都不感到内疚。

×　　　×

绮礼一踏进礼拜堂就感觉到有死亡的气息。

微微的血腥味以及些许残留的硝烟味。一定是有人在神之家做出不可饶恕的恶行。

虽然感觉不到有人伏击，但他还是谨慎小心地移动脚步，穿过信徒席——就在他来到祭坛前的时候，发现有人影趴伏在祭坛旁。

"父亲——"

绮礼知道自己冲口而出的叫唤一点用都没有，因为在他看到璃正神父的同时，代行者千锤百炼的眼力就已经看见洞穿神父背后的弹孔与地上一摊血迹。

绮礼觉得头脑好像完全麻痹，仔细检验父亲的尸首。

他卷起璃正神父僧袍的右手袖子，确认刻印在手腕上的托管令咒数目。不出所料，果然少了一道。璃正把自己管理的其中一道令咒让给某个人，可能就是被那个人所杀。讨伐Caster有功的其中一位召主不希望同盟者也获得报酬，因而犯下杀人恶行。根本不需要花心思去推理案发始末。

但即便是魔术师也无法从死去的老神父手上把所有令咒都抢走。监督者身上的托管令咒受到圣言的保护，没有本人的许可，事实上是不可能借由魔术拔取令咒的。现在唯一知道圣言的璃正已死，上次圣杯战争留下来的令咒全都成了没用的尸斑。

——不对，璃正真会让这种事发生吗？

绮礼抬起父亲的右手，发现在右手指尖上沾附着与出血不同的血迹，这是摩擦过的痕迹。璃正神父在临死之前，把自己的血液沾在手指上，涂抹在什么地方。

既然察觉这件事，只要稍微一找就能轻易找到血迹文字。

在地板上留着以潦草笔触书写的赤红色遗言"jn424"——与宗教信仰无缘的人或许会以为这是一段意义不明的暗号，但是绮礼继承了璃正虔诚的信仰之心，对他来说，这句遗言代表的意思再清楚不过了。

约翰福音第四章第二十四节。绮礼依照自己的记忆背出这段圣言。

"神是个灵。所以拜他的必须用心灵和诚实拜他——"

仿佛是呼应这句话一般，璃正冰冷右手上的所有令咒又重新发出淡淡的光芒。

伴随着一阵刺痛，绮礼无言地看着令咒的光芒一道跟着一道转移到自己的手腕上。

这正是父亲对儿子的信任。

璃正神父相信第一个发现自己尸骸的会是儿子，才会用鲜血写下只有圣职者才了解的符号。监督者的责任是保管令咒、保护圣杯战争在正常的状况下进行。他到死前都深信儿子是个能够继承这项重责大任的神圣之人。

他不知道绮礼还藏着新得到的令咒，现在仍然保有召主的权限——

也不知道绮礼无心的选择却种下了不利于恩师时臣的灾祸种子——

泪水滑落脸颊的触感让绮礼一阵愕然，按住脸部。

看到父亲的尸体，感受到父亲的遗志而落泪……对一个人来说，这应该是理所当然的反应吧。可是绮礼这时候却好像在万丈深渊旁一脚踩空似的，陷入近乎恐惧的混乱情绪当中。

绝对不可以直视——内心的声音严厉地告诫自己。

言峰绮礼，你绝对不可以理解，也不可以认同现在内心涌起的这股感情。因为那是——

眼泪，他最后一次流泪是在什么时候。没错，就是在那难忘的三年前。那个女人伸手掬起绮礼流下的泪水，说道"你很爱我呢"。

拼命拒绝回忆。

不可以再去回想，不要再去反省了。那一天流下的泪水与那时候心中的感情都必须沉入遗忘的深渊当中。

过去曾经掌握到的答案。

曾经找到的真理。

如果唯有回避那一切，不去理会它才能让自己维持自我的话——

他同样也不能去理解现在淌下的泪水。这种感情与那时候一样，会把他封存已久的了悟与理解唤醒。

但是就算理性不断警告绮礼，记忆还是从封印的缝隙当中源源不绝地溢出。

这种离别与他期望的结局完全不同——那时候他也是这么想。

在那病入膏肓的女人病榻边，绮礼不是已经领悟自己所追寻的事物是什么了吗？

希望让这个女人更加地■■①——

想要看她更■■的模样——

父亲与那个女人的共同点就是他们都深爱着言峰绮礼，也相信他。

那两人的共通处就是他们都彻底误会绮礼这个人的本质。

正因为如此，这三年来绮礼才会在内心深处不断祈求不是吗……

至少在父亲死前让他体会最极端的■■■■………

"灵魂会追求愉悦，就像野兽会循着血腥味一样——"

如同红宝石般的双眸盘踞在心中，一边露出邪恶笑容一边对他轻声说道。

他不是说过愉悦就是灵魂的形态吗，还说那就是言峰绮礼的本性。

"……我们在天上的父，愿人都遵你的名为圣，愿你的国来临，愿你的旨意行在地上，如同行在天上……"

绮礼口中忽然念出每天祈祷而熟惯的主祷文。这或许是一种防卫本能，以这种方式回归圣职者的本心，这样他才能把自己几乎分崩离析的内心在最后关头束缚住。

"免我们的债，如同我们免了人的债……不叫我们遇见试探，救我们脱离凶恶……阿门。"

绮礼把脸颊上不断滚落的泪水背后的恶毒真相封存在遗忘的彼端，祈求父亲死后能蒙主宠召，然后在胸口画了个十字。

---

① 黑框是作者故意为之。

－72：43：28

"你这个无能的混账！只会嘴巴上说说的废物！"

面对激烈的闷头痛骂，Lancer 只能静静地低着头，无言承受。

"就这么短短的时间，竟然连一个女人都保护不好，真是无可救药！还敢大言不惭地说什么骑士道！"

肯尼斯骂得嘴角口沫横飞，但是说到着急狼狈的程度，他比对自己的失态感到羞惭的 Lancer 还要更慌乱，再加上原有的偏执狂性，现在艾梅罗伊爵士狂怒的程度甚至可能让他活活气死。

得到新令咒的肯尼斯虽然意气风发地回到废工场，但是平安结束 Caster 之战之后早就应该回来的索菈乌却不见人影。他心情七上八下地等了半天，却只有表情黯淡的 Lancer 一个人回来。

"索菈乌虽然只是暂时的替代者，但仍然是你的召主！连召主都没办法保护，你算什么从灵!?亏你还有脸回来！"

"……实在非常汗颜。"

"你该不会是在和 Caster 作战的时候又起了那种幼稚心态吧？满脑子只想着摆出愚蠢的英雄气概，甚至忘了照顾召主吗!?"

Lancer 无力地摇摇头。与生俱来的美貌痛苦地扭曲，诉说着他同样也对事态演变到如此懊恼的状况后悔莫及。但是现在的肯尼斯不可能有多余的心力理会这些。

"恕我无礼，吾主……我和索菈乌小姐没有正式的契约关系，双方无法查探彼此的气息……"

"那你就更应该多加细心注意才对！！"

肯尼斯无情地大喝一声，打断了从灵的辩白。

一般的情况下，召主与从灵经由契约联系在一起，只要其中一方陷入极大的危机，另一方就会借由气息感觉到。事实上在艾因兹柏恩森林的时候，Lancer就是这样在千均一发之际成功救出肯尼斯。而这次的状况是Lancer与索菈乌没有依照契约魔术的术理缔结关系就直接出战。Lancer执意对肯尼斯效忠的坚持反而害了他。

结果等到Lancer结束战斗回到冬木中央大厦后，发现索菈乌不见了，溅了一地的血迹显示事态非同小可。

但是有一件事情能够确认，那就是索菈乌还活着。Lancer仍然留存在现界，他赖以维持行动的魔力也依然顺畅无碍地流进他体内。所以几乎可以确定索菈乌是遭某人绑架，下手的人目前似乎还无意要她的性命。

换作是其他的从灵或许还可以借由魔力供给的通路辨别出一定的方向。但是很不幸，因为Lancer缔结的是契约者与魔力供应者分开的特殊契约，所以对于供给魔力的知觉能力明显降低许多。虽然可以推测索菈乌还活着，却完全不知道她的魔力究竟是从哪里流入。Lancer在新都像无头苍蝇般到处搜索还是徒劳无功，最后迫不得已只能像现在这样独自一个人回来。

"啊啊，索菈乌……果然不该把令咒交给她的……魔术战斗对她来说实在太困难了……"

"没有劝谏说服索菈乌小姐，在下迪卢木多也有责任。但是索菈乌小姐的决定也是希望肯尼斯先生可以东山再起，并不是谁的错——"

肯尼斯因为嫉妒而混浊的昏暗眼神看着 Lancer。

"你竟然还有脸说这种话。别自以为是了，Lancer，一定是你怂恿索菈乌吧。"

"什……绝对没有这种事……"

"大言不惭！你的奸夫德性早就已经'名垂青史'了。难道你的天性不就是看到主君的妻子就忍不住要去勾引吗？"

垂首跪在地上的 Lancer 双肩激烈地颤抖。

"吾主，请您收回刚才那句话——"

"哼，觉得不爽吗？忍受不住怒气吗？难道你还想反抗我不成？"

肯尼斯继续对压抑自身激动情绪的英灵冷嘲热讽。

"你可算是露出马脚了。嘴上说什么发誓效忠，不求任何回报，色欲熏心就马上变脸的禽兽！摆出趾高气昂的样子，谈什么骑士道，你以为能骗得了我肯尼斯的双眼吗？"

"肯尼斯先生……为什么，为什么您就是不了解!?"

Lancer 嘶声辩白的声音已经近乎哭诉了。

"我只是……只是想要成就自己的尊严！只是想要和您一起打一场光荣的战争！吾主啊，为什么您就是不了解骑士的心思!?"

"少说得那么漂亮，从灵！"

肯尼斯终究还是冷酷无情地一声斥喝，拒绝 Lancer 的倾诉。他对自己从灵的疑心与不满在此刻终于超过沸点。

"傀儡，搞清楚你是什么身分。你终究只是个从灵，不过是一道利用魔术伎俩才得以现身的影子！你口中所说的尊严不过是死者的疯言疯语罢了。居然这么不知好歹，胆敢教训主人！"

英灵遭受无比屈辱而沉默无言的模样让肯尼斯心中萌生一股残虐的快意。魔术师故意把自己再次获得的令咒推到 Lancer 的鼻尖前，洋洋得意地高声嘲弄道："觉得不甘心的话，就用你那了不起的狗屁尊严反抗我的令咒啊——哼哼，办不到吧？这就是你的真面目。你的决心或坚持在这道令咒面前什么都不值，名为从灵的傀儡就是这样的构造啊。"

"……肯尼斯先生……"

面对狂笑不已的肯尼斯，Lancer 什么都没反驳，仍然低垂着头。颓靡的双肩与望着地板的空洞双眸已经完全丧失往日舞动双枪力抗群雄的凛然霸气。

肯尼斯看着 Lancer 失魂落魄的模样，感觉自己积存已久的怨气终于一吐而尽。

或许直到此时此刻，肯尼斯才与这位英灵建立起理想的主从关系。现在说这种话已经为时已晚，他早就应该——或许在召唤仪式完成之后——就要像这样彻底折辱 Lancer 才对。这样一来，这个嚣张的从灵就不会胡思乱想，更加顺从地听命行事。

"吾主。"

经过一段漫长的沉默之后，Lancer 忽然以冰冷的语气呼唤肯尼斯。

"怎么？你还有什么话要说？"

"……不，不是这样。有什么东西正在靠近，应该是叫做汽车的机械装置的驱动声音。"

虽然肯尼斯什么都没听见，但是常人的听觉远不及从灵的耳力。而且再过不久天就要亮了，现在这个时间有车向这个废工场驶来，绝对不可能是一般路人。

仔细一想，当初把这里当成据点时在周围设下的伪装结界差不多也开始破损了……肯尼斯嘲笑自己连魔术师的能力都已经丧失，脸上浮出冷硬的干笑。

"Lancer，出去击退来者。不用手下留情。"

"遵命。"

Lancer一点头，立刻化为灵体消失。

Saber听从坐在副驾驶座上的爱莉斯菲尔指示，驾着梅赛德斯奔驰300L往东驶去，逐渐离开新都区域进入人烟稀少的郊区。

"沿着这条路直走，左手边应该会看到一间废工场。那里……好像就是Lancer等人的根据地。"

Lancer的所在位置以及前往路径都是刚才切嗣用手机告诉爱莉斯菲尔的。

未远川的激战落幕之后，Lancer什么都没说就离开了。Saber猜想他可能是回到召主身边，但是就在切嗣传来已经掌握Lancer所在地的消息之时，Saber却主张立即行动。

"可是……真的不要紧吗？连续两场战斗会不会对你造成很大的负担？"

"没有问题，爱莉斯菲尔。我希望今天晚上可以和Lancer分出高下。"

Saber语气坚决地说完之后，这次轮到她带着关怀之意看了副驾驶座一眼。

"倒是你，爱莉斯菲尔，你还好吧？我看你从刚才好像就不太舒服。"

虽然手握着方向盘，但是Saber还是敏锐地注意到身旁的爱爱莉斯菲尔脸色苍白，不断擦拭额头上的汗珠。离开河岸后不久，她就一直是这个样子。虽然爱莉斯菲尔装作若无其事的样子，但是在旁人眼中还是看得出来她正在勉力支撑着。

"……不用担心，Saber。只要有你在身边的话……啊，你看那栋建筑物，那应该就是我们要找的废工场了。"

这片废工厂旧址在新都区规划为新兴住宅区之前可能是木材工厂之类的地方吧，后来被开发潮淘汰，逐渐被城市繁华的热闹喧嚣所遗忘。现在这个地方就这样孤零零地竖立在长满枯草的半山腰上。

Saber驾驶梅赛德斯奔驰从敞开的大门缓缓驶入，在工厂前的空地停了下来。爱莉斯菲尔走下车，机警的眼神在寂静的四周望了一圈，点头说道："这里的确有魔术结界的痕迹。可是奇怪的是好像没有好好维护，都已经开始崩解了。"

"不，就是这里没错。爱莉斯菲尔。"

Saber接着从驾驶座上走下来，表情冷静地断言道。剑士敏锐的直觉立即就嗅到了决战的气息。

不出所料——美貌的枪兵如同呼应Saber所说的话一般，忽然出现在破败的废墟前。

"你竟然能发现这里，Saber！"

"是我的……伙伴调查出来告诉我们的。他说这里就是你的藏身地点。"

就连Saber自己都没有察觉的微妙心思让她终究没有说出"召主"这两个字。在她心中自然知道必须隐瞒自己真正的召主是谁，但是不愿意承认切嗣为主的心理所造成的阴影影响更大。

Lancer的表情比平时还要更加沉重。他好像在思索该如何开口，犹豫了一阵子之后，终于对来访者问了一个问题。

"Saber，你该不会知道……知道吾主的未婚妻现在人在哪里吧？"

Saber与爱莉斯菲尔彼此对看一眼，两人都露出狐疑的表情。

"不知道……怎么了吗？"

"没事，忘了我刚才的问题吧。"

在Lancer吐出的一声长气当中，安心的意义远大于失落。他原本就不想问Saber这个问题，自己认定值得尊敬的对手竟然利用人质威胁的卑鄙手段，光是想象这种可能性就让他觉得憎厌不堪。

"不提这件事。你是认真的吗，Saber？你应该不是来闲话家常的吧。

对Caster使出那么强大的招数，对你来说应该是不小的消耗吧？"

"这一点就其他从灵来说也一样。"

Saber若无其事地一语带过。确实如她所说，刚才的河岸之战中没有一个人是毫发无伤，不费吹灰之力全身而退的。

"今天晚上没有人会想再惹事，应该都会谨守不出——所以只有今晚不用担心有其他人插手。"

Saber浑身充满沉着的斗气，往前踏出一步。强大的气魄伴随着魔力，形成闪耀铠甲包裹她的全身，直让人以为她娇小的身躯宛如百千丈般高大。

"虽然再过不久天就要亮了……可是如果放弃这所剩不多的夜晚，不晓得下次什么时候才有这么好的机会让我们心无挂碍地一决高下。我认为不该浪费这一夜——你觉得呢？Lancer。"

Lancer 的美貌原本隐隐含忧，面无表情。此时他终于露出微笑。

"Saber……现在唯有你那高洁的斗志才能在我的心中吹进一股凉风。"

其实 Saber 心中也对 Lancer 霸气尽失的模样感到有些奇怪，但是看到 Lancer 的笑容让她认为这些都是自己多心了。这个男人可以露出那样的笑容，任何顾虑都是多余的。只有超越一切，达成自我理念的人才能露出那种笑容。

Lancer 抡起手中的红色长枪，仿佛要甩脱心中所有悲叹与郁闷一般，枪尖直挺挺地正对着 Saber。

Saber 同样也解开"风王结界"，让金色宝剑从旋风中现身。对付迪卢木多的"破魔红蔷薇"，就算利用气压隐藏剑身也没有作用。

更重要的是骑士王此时打从心底确定，这名超越时空邂逅的绝佳对手有资格接受体现她尊严的神剑之光照耀。

微微泛着黎明晨光的清澈空气中，两名英灵的斗气无声无息地绷紧，彼此倾轧。感受性比较强的人只是被这股气息冲击，就会觉得像真的被砍了一剑那样，心脏麻痹也说不定。爱莉斯菲尔身在现场，全身上下的细胞也都畏惧于死亡的预感。不光是呼吸，脉搏都几乎停滞。

然后——敌我双方都发出凛冽的气势，同时踏出进攻的第一步。

当初的决斗誓言终于实现，延后了三天又一个晚上的对决在此时重新展开。

这次的战况虽然重现三天前在仓库街对打的场景，但是兵刃交击，彼此短兵相接的两人却与第一场战斗时大不相同——双方出招更加直接而激烈、更加精简而凄厉，完全就是力与力的正面较量。

彼此不再使用战术欺敌，也不再互相试探。Lancer 就只有一柄长枪，Saber 也不隐藏自己的剑路。双方都没有奇招密计，他们两人都希望速度更快、力道更沉，寻求凌驾对方攻势的会心一击。不断地挥舞、转动手上的兵器，展开一招一式、一来一往的激烈攻防战。

错综纠结、难分难舍的神剑与魔枪擦出千百点火星，有如百花绽放。以超人的力道与速度运用的传说中的宝具彼此冲突，超过音速，几乎逼近光速。这场决斗在生死的刹那之间比拼的极限武技，让观测战斗几乎失去意义。

两人枪剑交击的招式根本无法用肉眼辨识，不晓得已经过了十个回合还是一百个回合。一轮激战过后，双方终于拉开距离，脱离彼此兵器可及的范围。

"Saber，你……"

Lancer 一言未毕便犹豫不语。他的脸上满是不悦的困惑神色。

虽然只有一点点，但是 Saber 今晚的剑招比第一场战斗时力道更轻、更迟缓。Lancer 并没有忽略这一点差异。原因不是 Saber 耗力过多，而是因为她使剑的战术与之前不同。

Saber 把左手拇指紧握在手掌心中，没有按在剑柄上。剩下四支手指轻扣剑柄，只用来辅助控制剑尖方向，斩击时并没有用到左手臂的力量。

Saber 口中说这是最重要的决战，自己却故意不用左手，只用一只右手拿着黄金神剑。

Lancer 当然很清楚她这么做的原因。

他曾经一度用"必灭黄蔷薇"瘫痪了 Saber 左手的抓握能力，但是在先前对抗 Caster 的战斗中他却破坏黄色短枪，亲手放弃已经掌握的优势。自尊心高傲的 Saber 不允许自己就这么接受他的退让，因此刻意只用单手应战，不得不说骑士王的心志果真高洁。

可是——虽然 Saber 为了追求公平而让步，却不是 Lancer 心里所乐见的。

因为 Lancer 舍弃"必灭黄蔷薇"却逼得 Saber 不得不做这种多余的顾虑，结果来看等于他妨碍了两人的公平决斗。Lancer 希望双方能够心无顾虑，使尽全力一分高下。如果 Saber 拘泥于已经过去的事情而手下留力的话，对 Lancer 来说这场战斗将会让他感到痛心。

"你可别会错意了，Lancer。"

可能是注意到 Lancer 心中的想法吧，英气勃勃的 Saber 带着坦然的表情微微摇头道："如果现在用上我的左手，羞耻心一定会影响我的剑技。面对你凌厉的枪法，这点大意必定会要了我的性命。"

"Saber……"

"所以迪卢木多，为了倾尽全力打倒你，对我来说这就是最好的'战略'。"

Saber 语气坚定地说完，将单手使用似乎太过沉重的长剑放低，摆出下段的架势重新握紧。在她的眼神中只有坚毅澄澈的斗志，没有怠慢也没有犹豫。

对她来说，手上有没有受伤以及臂力强弱在战斗当中都只是次要因素。为阿尔特利亚的剑带来胜利的最大因素始终只有如何集中斗志，让战意更加精纯敏锐而已。

只要能够斩断自己心中的迷惘，就算放弃一只手腕也不可惜——她明白心中的自尊才是最强的武器，这就是身为骑士之王者最崇高无比的理念。

现在的 Saber 的确"拼尽了全力"，她自己也希望在这种状态之下决斗——Lancer 明白了这一点，从内心深处泛起一股强烈又痛快的麻痹感。

"……愿骑士王的剑荣光无限。我很庆幸能够遇见你。"

双方都是有志一同。

如果这是一条无可退让的路，留下来的那个人就必须带着敬意目送前方的人继续往前行。

那么就来打一场没有顾忌、没有遗憾，只有搏命以问刀剑真正价值的战斗吧。

两人的表情严肃而紧绷，嘴角边都泛着微笑。

"费奥纳骑士团第一把交椅迪卢木多·奥迪那——再次领教！"

"好，不列颠王阿尔特利亚·潘德拉贡奉陪——来吧！"

兵刃再次冲撞，来回翻飞，交迸出来的火花看起来简直就像是以武为本之人的喜悦在发热发光一般。

−72：37：17

肯尼斯藏身在废工场深处的阴暗角落里，看着外面展开的战斗。在他心里没有那两位骑士的清廉觉悟，只有满腔焦躁烧灼着胸口。

战斗持续愈久，他就愈感到焦急懊恼。

为什么打不赢？

都已经被对方看得那么扁，还手下留情。为什么Lancer的长枪就是刺不到Saber？

追根究底一想，答案非常清楚——总之就是Lancer太弱了，远远不及Saber。

事到如今，肯尼斯深深悔恨没能拿到伊斯坎达尔的英灵。

如果按照原定计划将征服王收为从灵的话，事情一定不会演变成这种局面。那时候圣遗物在紧要关头遭窃，肯尼斯赶紧找英灵迪卢木多代替。虽然英灵的能力比较差，但自己绝对是一名超一流的召主，就算多少有些不利也能弥补过来。当时的艾梅罗伊爵士心里甚至有一种大胆的想法，认为从灵的不足之处靠自己的才干弥补就足够了。

但是现在的肯尼斯已经失去魔术回路，再也无法像以前那样乐观。如果想要靠着仅存的一道令咒与差劲的从灵在这场战斗当中活下来，今后必须要更加小心翼翼才行。

既然没有百分之百的胜算，那就应该带着召主逃走才是。肯尼斯还没有问 Lancer 究竟是怎么失去"必灭黄蔷薇"的，总之既然已经让 Saber 的左手复原，想要打赢她的胜算应该是愈来愈渺茫了。

Lancer 现在根本不该执着于这种危险的战斗，他还有其他更重要的任务要办。现在的肯尼斯无法独力寻找索菈乌，救她出来。如果不使用从灵的话根本无可奈何。

可是 Lancer 他……那个从灵究竟是蠢到什么地步？就连这种简单的状况都判断不出来吗？

满心焦躁使得肯尼斯用力搔抓头发。如果这时候可以使用令咒的话该有多好，为什么手上只剩下这最后一道令咒。索菈乌拿走的两道令咒实在太可惜了，要是她愿意相信肯尼斯的话……

这时候忽然有一股不自然的风轻搔肯尼斯的背颈。

肯尼斯的身子一缩，有一张纸片飘到他的手边。那是一张平凡无奇的便条纸，但是上面一段简短的字句却让肯尼斯看得目不转睛。

如果想要你的情人活命的话就不要作声，向后看——

肯尼斯的眼睛睁得老大，轻轻转动轮椅，改变身体的方向。废工场深处一片漆黑，只有一道曙光像探照灯般从屋顶的天窗射进来，照亮一个角落。

在淡淡的清冷晨光中，有一个女人的轮廓像是睡着似的横躺着。

"！"

就算四周再暗、距离再远，肯尼斯都不可能认错那张脸孔。

索菈乌不晓得受到什么残酷的对待，血色尽失的苍白面容削瘦地让人痛心。掩在嘴边的一缕头发受到微风轻吹，微微摇晃着。这代表她在呼吸，她还活着。

就在肯尼斯忘记那张随风吹来的便条纸上所写的告诫内容，忍不住就要惊叫出声的时候，又有一名人物如同从黑暗浮现的幽鬼一般，现身走进淡淡的光圈中。

破旧的外套、一头乱发与满脸的胡渣。那人外表乍看之下极其平常，却有着一双如利剑般炯炯有神的双眸——肯尼斯到死都忘不了，就是这个男人狠毒地摧毁他的魔术回路，可恨的艾因兹柏恩家饲养的走狗。

男子可能是趁着 Saber 与 Lancer 全心全意对战的时候，带着昏厥的索菈乌从后门悄悄摸进来的。他手中的冲锋枪对准躺在地上的索菈乌的脑门，枪口一动也不动。

"竟然……偏偏是他……"

肯尼斯亲身领教过男子如同毒蛇般的冷酷与细心，心中燃起愤怒与憎恨——但是更加深沉的绝望感却让他颓然垂首。

这简直是再糟糕不过的状况。心爱的女性竟然落入自己连想都不愿想到的敌人手中。

就在肯尼斯陷入狂乱之际，理性的声音及时唤回了他。

这个男人特地露面让自己看到索菈乌平安无事，一定有什么企图。

"……"

肯尼斯转过头，朝在废工厂前空地酣战不休的 Lancer 看了一眼。索菈乌与男子的位置站在死角，正在交战的两名从灵看不到他们，而且双方似乎把全副心力都放在眼前的敌人身上，完全没有发觉有其他闯入者出现。

肯尼斯猜不出男子究竟有什么意图，默默不语地点头，表示愿意遵从对方的指示。

男子见状，另一只空着的手从外套怀中取出一卷羊皮纸，随意抖开后向空中一扔。虽然羊皮纸的重量比先前的便条纸还重上许多，但乘风递送的话，运用极为简单的气流操作就足够了。羊皮纸像水母一样在空中悠悠荡荡，轻飘飘地落在肯尼斯的膝上。

在旁人眼里，羊皮纸的内容看起来就像是将一串不知所以然的图案与记号排列在一起而已。但是对肯尼斯来说，这段记述的格式与他熟悉的制式术法文书完全相同，分毫不差——但是文件的内容却相当罕见。

束缚术法：对象——卫宫切嗣

卫宫的刻印下令：以达成下列条件为前提，誓约将成为诫律束缚对象，断无例外。

:誓约:

永久禁止卫宫家第五代继承人，矩贤之子切嗣对肯尼斯·艾梅罗伊·亚奇波特以及索菈乌·娜泽莱·索菲亚利两人有任何杀害、伤害的意图与行为。

:条件:

……

"……！"

自我制约证文（Selfgeass·Scroll）——在充满尔虞我诈、

权谋机巧的魔术师社会当中,这是其中一种最苛刻的咒术契约,只有在订定绝不能违反的约定时才会用到。

这是利用自身魔术回路的机能将制约(Geass)加诸于施术者本人身上的咒法,原则上用任何方法都无法解除其效力。听说就算以命来换,只要魔术刻印继承到下一代,就连死后灵魂都会受到束缚,是一种绝对无法反悔的危险术法。事实上,在交涉中拿出这种证明文件对魔术师来说意味着最大限度的退让。

就连肯尼斯自己也没看过几次,但是这的确是正式的书面形式,没有任何缺漏。宣誓者本人歃血写下的署名上的确有魔力在脉动,证明咒诫已经成为术法,产生作用。

也就是说——这上面已经明定当证文后半段记载的条件成立时,这个男人……卫宫切嗣将会放弃一部分的自由意志。

肯尼斯用颤抖的手紧紧抓着羊皮纸,一遍又一遍反复阅读誓约成立的条件内容,就好像是生怕再重看一次的时候,内容又会发生什么变化。他的眼睛一次又一次地跟着文字跑,拼命思考,避免文件内容留有其他解释方法的模糊地带。

在肯尼斯慌乱思考的同时,他脑海中最清醒的部分也承认自己已经屈服了。自己和心爱的女人有机会能够活着再次回到故乡——事到如今,这不正是他唯一的期望吗?

只要再犹豫几秒钟,卫宫切嗣可能就会扣下手中冲锋枪的扳机。第一发子弹要了索菈乌的命之后,接下来枪口一定会朝向肯尼斯。他根本没有选择的余地,要么失去一切,不然就是把握这封证文,当做最后的希望……只有这样的差别罢了。

就这样,肯尼斯·艾梅罗伊·亚奇波特的心志崩溃了。

他用昏暗空洞的双眼看着右手仅存的最后一道令咒,然后以

Lancer召主的身分发动最后一次强权。

没有任何征兆，也毫无脉络迹象——鲜艳的朱红血花在大地上绽放。

所有人都吓了一大跳。不管是Saber或是爱莉斯菲尔，就连Lancer本人也为这突然造访的意外结局感到讶然，露出惊愕的表情——特别是当事者Lancer的震惊想必更是非同小可吧。因为面对这样的剧痛与绝望，他连一点预感和心理准备都没有。

Lancer的眼神涣散，无言地看着鲜红花朵沿着红色枪杆滴落，在地上绽放。让人难以置信的是，这是他自己的鲜血。

他最仰赖的长枪枪尖刺穿了他自己的心脏，而且将长枪猛力刺入胸口的不是别人，就是他自己的两只手臂。

这当然并非出自本人的意愿。他的红色长枪要刺的应该是Saber的心脏才对，而他也以为如果自己的心脏会被刺穿，也一定是Saber的长剑所为。

完全无视于他的斗志与觉悟，把他的肉体从自我意志之下夺走……想要实现如此强硬的要求，除了令咒之外当然别无他法。

Lancer太过专心与Saber决斗，让他到最后一刻始终没能察觉在身边不远处，昏暗废工场的阴暗角落中有一项秘密契约已经缔结完成。

"使用剩下所有令咒，命令从灵自尽。"

这就是卫宫切嗣提出的自我制约条文的发动条件。他要求肯尼斯消耗所有令咒，还要让从灵完全消灭，用最彻底的形式从圣杯战争中淘汰出局。

"啊……"

Lancer 圆睁的双眼流下两道鲜红色的泪水。

对他来说，这是第二次遭到主君谋杀。迪卢木多一心只希望推翻那不幸的结局，因此接受召唤从英灵之座再次来到这世界。但是最后带给他的结果却只是往日悲剧的重现——他又一次尝到那黑暗的绝望以及悲恸。

英灵用他满是血泪的双眼回头向后看，正好看到两位魔术师为了确认他的下场从废工厂里走出来。肯尼斯坐在轮椅上，表情一脸呆滞。还有一名男子默默站在肯尼斯身旁，手中抱着不省人事的索菈乌。他曾经在艾因兹柏恩城见过那个不知名的人物，那个人就是 Saber 真正的召主。

"你们这些人……就这么……"

Lancer 双膝跪倒在地面上从自己身躯流出的血水里，喉咙中挤出低哑的声音。

"就这么想赢吗！这么想得到圣杯吗！甚至践踏我……我心中唯一的祈愿……你们这些人，难道一点都不感到羞耻吗!?"

那张艳丽的美貌被愤怒的血泪所染红，现在已经化为惨不忍睹的凄厉恶鬼之相。坠入憎恨深渊而丧失理智的 Lancer 不分敌我，声嘶力竭地对切嗣，对 Saber，以及这世界的一切发出怨恕的狂吼。

"不可饶恕……我绝不原谅你们！你们这些汲汲于名利，践踏骑士尊严的亡者……就用我的鲜血玷污你们的美梦！愿圣杯充满诅咒！愿你们的梦想带来灾祸！在你们跌入地狱深渊的时候想起我迪卢木多的愤怒！"

从现世分离，逐渐崩解为朦胧之影的同时，他的口中不断吐出恶毒诅咒，直到消失的最后一瞬间。眼前的他已经不是光彩耀眼的英灵，从灵 Lancer 终于完全消灭，只留下恶灵充满无尽怨怼的怒吼声回荡在空中。

"……"

肯尼斯茫然若失，看着Lancer消失之后的空间。切嗣则是把还在昏睡中的索菈乌就这么放在肯尼斯的膝边。肯尼斯轻抚着恋人削瘦的面容，以无力的虚弱声音向切嗣问道。

"这样一来，你就会受到制约吗？"

"是啊，契约成立。我已经无法杀你们了。"

切嗣慢慢向后退，同时嘴上叼住从口袋拿出来的香烟，点上火。

这个动作说不定就是一个暗号。

"我是不能，不过……"

在他低声喃喃自语的同时，藏身于远方暗处，一直看着一切状况的久宇舞弥已经静静扣下突击步枪的扳机。

肯尼斯与索菈乌被夜视瞄准器的十字准星锁定，全自动射击的弹雨无情地打在他们身上。两人已经没有月灵髓液保护，也没有从灵为他们挺身挡子弹。对他们来说，五点五六毫米高速射弹的洗礼根本是避无可避的死亡暴雨。从前魔术师是那么瞧不起枪炮，现在他与未婚妻却被枪炮打得千疮百孔，倒在水泥地上。

天才魔术师一心只怀疑自我制约的魔术机能有没有暗藏诡计，却没发现最重要的誓言内容中隐藏着陷阱，最后终于断送了他的命运。

"啊……啊……！"

没有感觉到痛苦就当场死亡的索菈乌或许还算幸运。悲惨的是肯尼斯被打成蜂窝，从轮椅上滚落之后仍然还有呼吸。他全身上下当然有好几处致命伤，绝无活命的希望，但是就算剩余的性命只剩倒数几秒钟，每一秒都要在濒死的痛苦中挣扎度过，这时间也实在太长、太残酷了。

"杀……了杀了……我……"

"不好意思，契约内容限制我不能杀你。"

切嗣对脚边传来的微弱哀求声看也不看一眼，将吸进口中的紫烟缓缓吐出，淡淡回答道。

但是痛苦的呜咽哭声并没有持续下去。因为 Saber 再也看不下去，跑过来一剑砍下肯尼斯的脑袋，结束了他的苦难。

就这样，骑士王的神剑没能完成与 Lancer 之间的誓言，只沾染了毫无荣誉与尊严可言的斩首污血。

"卫宫、切嗣——"

碧绿色的眼眸燃起冰冷的火焰。那不是看着同伴的眼神，也不是对广义上的同伙会露出的视线。之前面对 Caster 的疯狂与黄金英灵 Archer 的傲慢，她都曾经露出完全相同的眼神。那是一双如同利刃般，将自己认定为仇敌之人洞穿的锐利眼神。

"现在我终于了解你是多么恶劣了。我之前真是愚蠢，还以为就算我们走的道路不同，但至少有共同的目标……"

就算切嗣还是一如往常一言不发，反正也已经没有对话的必要了。Saber 刚才所目睹的行为正是不折不扣的"邪恶"。

"在这之前，我一直在想只要有爱莉斯菲尔的保证就值得信任，从来不曾怀疑过你的本性。但是现在我完全不相信像你这种人还谈什么用圣杯救世。回答我，切嗣！难道你连自己的妻子都用谎言摆布吗？你追求万能许愿机的真正企图究竟是什么!?"

"——"

纵使切嗣瞅着 Saber 的眼神就好像在看着什么令人深痛恶绝

的事物，叼着一根歪烟吞云吐雾的嘴角却仍然动也不动。他的视线好像在看着路边的野狗向自己狂吠，打一开始就完全放弃以言语沟通，眼神中只有彻底的拒绝。

只好杀死他了。Saber心中已经逐渐萌生这种万念俱灰的平静决心。

她不得不对眼前的召主拔剑相向。就算受到令咒的阻碍而无法达到目的，但是除了用明确的敌意表达抗拒之外，她已经无计可施了。这代表她的阵营将在圣杯战争当中彻底破局，但只要和卫宫切嗣在一起，她不认为能够得到自己真正渴望的圣杯。

"就算我的剑赢得圣杯，到头来还是要交到你手上的话，我还不如……"

脑海里闪过的卡姆兰落日与深藏在心中的悲愿让Saber这句话再也说不下去。

在这段让人痛心的无言空白，有另一个人的声音从她身后不远处插口说道："回答她，切嗣。这次无论如何你都有义务要解释清楚。"

爱莉斯菲尔以往总是对丈夫寄予完全的信赖，但是这次连她都不得不拉高分贝。

她和Saber不同，完全明白丈夫的思考与行事方法，也能够理解。但是眼前实际发生的状况与从前听切嗣阐述的理念相比，带给她的冲击实在差太多了。

刚才听到Lancer询问关于艾梅罗伊爵士未婚妻的事情时，爱莉斯菲尔心里虽然已经感到一股冰冷的预感，但是心中的良知还是否定了这种可能性。她认为切嗣再怎么样应该不会做到这种地步吧……

结果就连身为结发之妻的爱莉斯菲尔都小看了切嗣的手段有多狠辣。

"这么说来，爱莉，这还是第一次让你亲眼看到我的'杀人方式'。"

一改之前如贝壳般坚持不开口的沉默，卫宫切嗣以干涩的嗓音说道。原本看着 Saber 的眼神黑暗又冷淡，但是一转到爱莉斯菲尔的身上便立刻露出羞愧的萎靡神色。

"切嗣，不要看我，对着 Saber 说。她需要听听你的说法。"

"不，对那个从灵我没什么话好说。对这种举着什么光荣名誉的大旗而欢欣鼓舞的杀手，就算讲再多都是白费唇舌。"

切嗣始终保持与爱莉斯菲尔对话的形式，面不改色地出言侮辱 Saber。Saber 当然不可能任人羞辱。

"你胆敢在我的面前侮辱骑士道，恶徒！"

骑士王柳眉倒竖，大喝一声。但是切嗣完全不为所动，他的眼神还是向着妻子，好像完全不把 Saber 当一回事。此时他好像终于表露心声，开始滔滔不绝地说道："那些什么骑士根本没办法拯救世界。他们在过去的历史中办不到，从今往后也是一样。这些人提倡战争的手段有正邪之分，表现出一副战场上好像真有什么崇高价值似的。因为那些历代的英雄不断鼓吹这种幻想，你认为究竟有多少年轻人受到武勇或是名誉的诱惑，血溅沙场而死？"

"那不是幻想！只要是人类的行为，就算是以命相搏也存在不可侵犯的法则与理念。这是必须要有的！要不然每当战火掀起，这个世界都会成为凄惨的地狱！"

Saber 语气坚定的反驳只是让切嗣嗤之以鼻。

"你看，就是这样——爱莉，你也听到了。这位伟大的英灵大人竟然还以为战场好过地狱。开什么玩笑。任何时代,战场永远都是真正的地狱。在战场上没有希望,只有无止境的绝望,只有一种名为胜利的罪行建立在败者的痛苦上。战场上的所有人都必须要承认斗争行为的恶性与愚蠢,毫无辩驳的余地。只要人类一天不悔改,把斗争当成最邪恶的禁忌,地狱景象就会在人间一再重复上演。"

Saber 以往只看过切嗣冷酷无比的扑克脸。对她来说,这是她第一次看到卫宫切嗣的侧脸露出这种表情——这段独白是一名男子被无止境的悲愤与哀叹摧折殆尽所发出的怨恨。

"可是就算人类再怎么血流成河、尸堆成山都无法发觉这件事实。这是因为在任何时代总是有勇敢无敌的英雄大人们用他们华丽的英勇事迹蒙骗世人的眼睛。因为这些笨蛋不愿意承认流血的罪恶,硬是一意孤行,人类的本质从石器时代开始一点进步都没有!"

他眼中怒意的对象究竟是谁——当然不言自明。

从战火在冬木之地点燃的那一天开始,切嗣心中一直带着难以抑遏的怒火,看着眼前那些光彩照人、以自己的英雄事迹为傲的潇洒英灵。

切嗣对留下英名之人与憧憬英名之人都怀着无解的愤怒……人们的祈祷催生出"英灵"的概念,他对此感到深恶痛绝。

"切嗣,那么你侮辱 Saber 是因为……对于英灵的憎恨吗?"

"怎么可能,我做事不会掺杂这种私人感情。我要赢得圣杯,拯救世界。我只不过是用最合适的方法来打这场救世的战争而已。"

依照一般的战斗方式,不擒拿索菈乌而是把她杀掉的话。失去魔力供应源的Lancer过不多久就会消灭。但是切嗣的方针是不让淘汰者与失去召主的从灵再度缔结契约而复活，连这种可能性都要避免。根据Caster之战的战况发展，肯尼斯如果接受冬木教会保护的话可能又有机会获得令咒。切嗣顾虑到这一点，才会策划出这么复杂的陷阱。

利用敌方召主的令咒消灭从灵后再杀死召主，以最彻底的方式排除障碍……此时切嗣对Saber的要求不是打倒Lancer，只是要她扮演声东击西的脚色，吸引Lancer的注意力，好让切嗣在这段时间说服肯尼斯。

"按照现在人类的习性，现今的世界无论如何都无法避免战争发生，杀戮已经是到最后逼不得已一定要动用的恶性手段。既然如此，最好的方式就是用最高的效率与最低的消耗，在最短时间之内结束一切。如果认为我的做法卑鄙，指责我心狠手辣的话，就尽管骂吧。正义是救不了这个世界的，我对正义一点兴趣都没有。"

"……"

Saber想起Lancer在消失之前最后留下的怨毒眼神，然后带着满心不忍看着一男一女惨死的尸体倒卧在血泊中，看着深深刻在他们脸上的痛苦死相。

"即使如此，你还是——"

正要开口道出心中所想的Saber发现自己的声音竟然出乎意料地平稳沉静。这时候她终于意识到自己对切嗣的复杂感情已经不再是刚才的愤怒，取而代之的是一种怜悯。

没错，他或许是一个值得同情的男人。

需要救赎的或许不是这个世界，而是他自己吧。

"卫宫切嗣。我不知道以前你遭受过什么样的背叛又或是发生过什么样的事情，你会如此绝望。但是你的愤怒、你的哀叹毫无疑问都是追求正义之人才会有的感情。切嗣，年轻时候的你应该曾经想过要成为'正义的伙伴'。你应该比任何人都更相信、更渴望拯救世界的英雄——我说的对吗？"

在此之前切嗣对 Saber 的态度一直都是彻底的视若无睹，要不然就是冷漠的轻视。但是当他此时听到 Saber 质问时的平静声音，他看着从灵的眼神终于第一次露出第三种不同的感情。

那是极端沸腾火热的愤怒。

汽车的引擎声打破黎明的寂静，渐渐靠近。久宇舞弥驾驶的小货车开着明亮的车头灯驶进废工厂的厂区内。她完成了狙击手的工作，前来迎接切嗣回到新都。

切嗣的目光从 Saber 身上移开，头也不回地走向小货车，伸手打开副驾驶座的车门。Saber 仍然继续对着他的背影说话，最后有一句话她一定要说。

"切嗣……你知道吗？如果因为痛恨邪恶而为恶，到最后剩下的还是只有邪恶而已。在邪恶中萌生的愤怒与憎恨一定还会点燃新的战火。"

切嗣好像第一次想要回应 Saber 这番沉重的话语，正打算回头——但是后来似乎又改变心意，背过脸去，视线向着天空。

"我会结束这永无休止的循环，圣杯能够达到这个目的。"

他如同自言自语般地说着。

"我会以奇迹改变这个世界，完成人类心灵的改革。我一定会让冬木市流下的鲜血成为人类最后的流血。为了这个目的，就算要承担这世上所有的邪恶我也在所不惜，如果这样能拯救世界，我甘之如饴。"

"……"

切嗣极为冷淡地诉说着内心的坚定意志，Saber 已经说不出任何可以规劝他的话了。

Saber 不得不承认，就算切嗣行事的手段与过程邪恶得让人难以忍受——但是他渴望得到圣杯的信念却是纯洁无瑕的。在这场圣杯战争当中如果有哪一位召主值得她奉献圣杯，除了卫宫切嗣之外再也没有第二人选了。

Saber 默默地目送切嗣搭乘小货车离去，天亮后第一道曙光落在她的身上。让冬木市成为天外魔境的黑夜褪去，伴随着阳光的照耀，这座城市再度戴起那副名为"日常生活"的面具。

"切嗣他……已经走了吗？"

"爱莉斯菲尔？"

Saber 还没来得及对爱莉斯菲尔的问题感到讶异，便立刻察觉她的状况有变。

爱莉斯菲尔朦胧的视线在空中飘移不定，脸色一片惨白，汗水如同瀑布般从额头上淌流而下……

切嗣还在身边的时候，她一定硬撑着不让丈夫察觉异状吧。当这股紧张感消失，她立刻就这么站着晕了过去，如同断线的人偶般倒下。

Saber 虽然赶紧一把抱住了她，但是怀中的苗条身躯温度高得异常。Saber 终于察觉事态不妙。

"爱莉斯菲尔!? 你快醒一醒！"

×　　　×

这天早上，卫宫切嗣昂然道出他的决心。在他坚定的意志当中没有一丝虚伪，完全出自他内心真正的想法。但是把切嗣很偶然说出的那句话当成比喻——再过几天，他将会彻彻底底体会那句话真正代表着什么意义。

坠入比绝望还深邃无尽的崩溃。

来自比悔恨还痛彻心扉的哀恸。